# QUAND UNE LIONNE BONDIT

LE CLAN DU LION #6

EVE LANGLAIS

Copyright © 2015/2021 Eve Langlais

Couverture réalisée par Yocla Designs © 2021

Traduit par Emily B, 2021

Produit au Canada

Publié par Eve Langlais

http://www.EveLanglais.com

ISBN livre électronique: 978-1-77384- 2431

ISBN livre pochet: 978-1-77384-2448

**Tous Droits Réservés**

Ce roman est une œuvre de fiction et les personnages, les événements et les dialogues de ce récit sont le fruit de l'imagination de l'auteure et ne doivent pas être interprétés comme étant réels. Toute ressemblance avec des événements ou des personnes, vivantes ou décédées, est une pure coïncidence. Aucune partie de ce livre ne peut être reproduite ou partagée, sous quelque forme et par quelque moyen que ce soit, électronique ou papier, y compris, sans toutefois s'y limiter, copie numérique, partage de fichiers, enregistrement audio, courrier électronique et impression papier, sans l'autorisation écrite de l'auteure.

## PROLOGUE

Par-delà l'océan, nichée au cœur de la campagne, là où le progrès n'était rien venu entacher, se trouvait une route serpentant à travers une forêt verdoyante qui débouchait sur le chaos.

De vastes champs flamboyaient, les récoltes n'étaient plus que des torches brûlantes, leur fumée rappelait de façon acerbe que la richesse de la terre était en train d'être dilapidée. Les toits de chaume brûlaient. Les gens hurlaient et criaient en sortant de leur masure, serrant leurs biens et leur famille dans leurs bras.

Il n'y avait pas que leurs maisons qui étaient en feu. Les vestiges du château brûlaient gaiement, les flammes et la fumée montant haut dans le ciel. Le scintillement vert vif, avec un soupçon de violet, indiquait que le feu ne consommait pas seulement du bois et du tissu, mais également des potions et des produits chimiques, la plupart très rares, certains étant même irremplaçables. Leur perte était vraiment regrettable.

Merde.

Un juron en accord avec cette atmosphère sombre et horrible.

L'ennemi avait frappé au cœur de l'empire et avait détruit des décennies de travail, en partie héritées, puis s'était enfui.

*Comment osent-ils s'enfuir avant même que je ne puisse leur infliger un châtiment ?*

Il ne restait qu'une seule chose à faire.

Traverser l'océan en partant à sa poursuite. La fuite était inacceptable. Quelqu'un paierait… ainsi que tous ceux qui se mettraient en travers du chemin.

## CHAPITRE UN

La première fois que Gaston l'avait rencontrée, elle ne l'avait même pas regardé. Elle lui avait seulement jeté un coup d'œil, de haut en bas, puis avait brutalement détourné le regard.

*Moi.* L'être le plus dangereux dans cette salle. Pourtant, elle avait fait très attention au club et à ses serviteurs. Mais elle était venue en tant que renfort pour son soi-disant roi lion. Une créature charmante et voluptueuse avec ses cheveux noirs et ses yeux scintillants. Habillée de façon très élégante – comme toutes les demoiselles présentes, d'ailleurs, leurs leggings noirs épousaient toutes leurs courbes, mettant en valeur les nuances subtiles de leurs formes pendant que leurs hauts courts ne recouvraient que leurs poitrines, les ventres nus étant si distrayants.

La tenue parfaite pour un combat. Gaston aimait beaucoup quand quelqu'un venait préparé, et n'avait pas peur. La situation avait finalement débouché sur de la violence. Ses serviteurs, les whampyrs qu'il avait créés s'étaient retournés contre lui.

C'était du jamais vu. Notamment pour un maître comme lui qui avait toujours bien traité son peuple. Pourtant, beaucoup de ses sbires furent pervertis. Ils choisirent la mutinerie. Et ils échouèrent.

Mais ça, c'était il y a quelques semaines, et depuis, il y avait eu d'autres attaques plus subtiles. Des gels sur ses comptes. Des inspecteurs l'avaient appelé sur son lieu de travail. Des affaires relativement simples à gérer.

Jusqu'à ce soir. Une nouvelle menace en ville avait fait surface, une menace qui l'impliquait lui et malheureusement, le roi lion Arik.

Il retroussa les lèvres en réalisant que c'était la première fois qu'il appelait un animal par son prénom. *Depuis quand est-ce que je fais ça ?* Depuis qu'il s'était installé au pays des lions et qu'il avait trouvé un roi qui le dirigeait activement. C'était assez rafraîchissant d'avoir affaire à quelqu'un de presque intelligent pour une fois.

Cela ne l'empêchait pas de tirer la queue du roi dès qu'il en avait l'occasion.

Ce soir, Gaston était venu dès qu'Arik l'avait appelé, car il ne pouvait pas ignorer la menace dans les bouches de métro. Pas quand il connaissait les monstres qui se cachaient dans l'ombre. *Avant, c'était mes monstres.*

Mais ses animaux domestiques s'étaient échappés.

Arik, évidemment, ne savait pas qu'ils avaient appartenu à Gaston. Cet imbécile était tombé sur quelque chose de trop étrange, même pour lui et il avait su qui contacter. Le Haut Conseil. Et qui ces vieux salauds avaient-ils appelé ?

Gaston n'obéissait qu'à quelques personnes.

— *Je sais que les créatures dont il parle et qui se trouvent dans les égouts sont à toi. Tu es le seul à les fabriquer.*

Car il était le seul à connaître le bon sort.

— *Et ?*

— Et tu vas t'assurer qu'ils les localisent et s'en débarrassent. On ne peut pas laisser les humains les trouver.

*Bien sûr que non, sinon ils risquaient de poser des questions et les questions étaient synonymes de découvertes et donc de beaucoup de plaisir pour ceux qui aimaient regarder.* Cela impliquerait également de nombreuses ventes de fourches et de balles en argent.

Comme il avait des préoccupations plus urgentes que des humains hystériques, il se comporta bien pour le moment et fit ce qu'on lui demandait.

Gaston guida les lions du coin jusqu'aux égouts. Il n'était pas difficile de suivre les traces que ses toutous avaient laissées.

Les bouches de métro étaient des endroits fascinants qui regorgeaient de petits coins sombres. Certains tunnels menaient vers des plateformes et des pièces cachées, mais il y en avait aussi d'autres qui ne menaient nulle part. Des impasses idéales pour un petit nid.

Et il en trouva.

— *Illuminet.*

Il murmura le mot magique et la boule de la taille d'une bille qu'il tenait dans la main s'alluma et s'éleva. Le voile obscur qui régnait sur la salle se leva. Des visages ronds avec de grands yeux fixes le regardèrent alors qu'il faisait planer la boule de lumière en hauteur. Les petits corps, vêtus de leurs guenilles colorées se blottirent les uns contre les autres, l'air inoffensif.

Se tenant à côté de Gaston, Arik fronça les sourcils.

— Ça ne peut pas être ces choses qui attaquent les gens. Regarde-les. Ils tremblent.

— De rage.

— Ils sont minuscules, observa Luna, un autre lieutenant d'Arik.

— Les apparences sont parfois trompeuses.

— Trompeuses et décevantes, oui, grogna Arik dans sa barbe.

— On dirait des nains de jardin, remarqua quelqu'un.

Les visages des chérubins clignèrent soudain des yeux à l'unisson et la tension dans la caverne fut maximale.

— Voilà, vous avez réussi, murmura Gaston.

La rage des *cabalus* – ou ce que certains appelaient plus communément des gobelins – explosa. Les petits corps se déployèrent avec une énergie incroyable, étirant leur silhouette de cabalus jusqu'à ce qu'ils atteignent une taille d'au moins un mètre quatre-vingts. Leur chair prit une couleur vert foncé et fut recouverte de verrues et zébrures, chaque créature ayant des motifs différents. Certains avaient même des cornes et des défenses.

— Voilà qui est mieux ! s'exclama une voix très féminine avec excitation.

Celui qui avait les traits les plus laids – une distinction très répandue dans le groupe – leva le bras et les pointa du doigt en gargouillant quelque chose qui incita les créatures à se taper sur le torse, leur regard sauvage brillant de faim. Les cabalus étaient devenus féroces, revenant à leurs habitudes primitives au lieu de rester domestiqués. Dommage. Ils étaient pourtant parfaits pour patrouiller dans les égouts près de chez lui et sur son lieu de travail, jusqu'à ce qu'ils s'en aillent un jour. Tout comme la mutinerie des whampyrs, ce départ ne leur ressemblait pas. Les petites créatures étaient extrêmement loyales quand elles étaient bien traitées. Et il s'occupait très bien de son personnel.

Les cabalus sauvages étaient de vrais parasites qui devaient être exterminés. Il n'arrivait même pas à se souvenir de la dernière fois où cela s'était produit.

Le roi lion et son armée ne fuirent pas quand les gobelins attaquèrent. Au contraire, la plupart sourirent et l'un d'entre eux cria même :

— Bon sang, celui qui est gros et moche est à moi !

Il n'avait jamais vu un tel enthousiasme pour la bataille. Quant à Reba, la femme qui continuait de l'ignorer, elle était fascinante à regarder. Ses cheveux frisés, noirs avec des mèches rouges, encadraient son visage, et elle avait une expression féroce. Sa tenue était parfaite pour le combat. Elle leva ses jambes haut dans les airs avec ses baskets stylées, visa parfaitement bien et frappa Jodin – le cabalus qui avait pour habitude de s'occuper des roses de Gaston – au menton. Ce dernier tomba. Et il ne se releva pas. Son second, Jean-François, se tenait aux côtés de Gaston, observant le carnage. Son serviteur avait choisi de garder son apparence humaine plutôt que sa forme de whampyr – pour les non-initiés, cela signifiait se transformer en chauve-souris à la peau grise ou en gargouilles, selon la métamorphose. Les whampyrs n'étaient jamais identiques, sauf sur un point. C'était des tueurs et ils se nourrissaient de sang. Contrairement à certaines rumeurs, ils n'étaient pas des vampires, même si un élément de leur création reposait sur ce virus particulier.

— Je crois que nous avons sous-estimé la force de ces animaux, remarqua Gaston alors que les lions ne prenaient même pas la peine de se transformer pour détruire ce nid de créatures vertes.

— C'est seulement parce que les habitants de ce nid sont confus que les lions paraissent si forts. Regarde comme ils se battent mal. Je suis prêt à parier que quelque chose les a infectés. La même chose qui a probablement contaminé ceux de la colonie le mois dernier, dit Jean-François.

La colonie étant les whampyrs qui travaillaient pour Gaston.

— S'il y a eu une infection, elle ne t'a pas affecté, remarqua-t-il, applaudissant presque alors que Reba enfonçait ses ongles dans le visage d'un des assaillants en le secouant, puis sourit doucement avant de saisir à nouveau sa tête, la tirant vers le bas et la heurtant avec son genou.

*Crack.*

— Quoi que ce soit, cela n'a pas affecté ceux d'entre nous qui disposent d'un cerveau. Bien que je sois surpris pour ces deux-là, dit Jean-François en observant Derrick et Leif, deux autres sbires loyaux qui avaient survécu à la purge de son personnel.

— Peut-être que l'on devrait donner un coup de main aux animaux ?

Cela démangeait Gaston, surtout quand un cabalus plutôt large essaya de piéger la femme qu'il ne pouvait s'empêcher de regarder.

*Je ferais mieux d'intervenir et de donner un coup de main.*

Apparemment, elle n'avait pas besoin de son aide. Elle couina, attrapa le gobelin par la tête et le fit passer par-dessus son épaule, le jetant au sol. Puis, elle bondit. Sa brutalité lui coupa le souffle.

*Elle est magnifique.* Et cela l'irritait qu'elle ne semble même pas savoir qu'il existait. Et ce n'était pas faute d'avoir essayé.

Jean-François siffla tout bas.

— Que veux-tu faire exactement pour les aider ? Ils ont presque fini.

D'un geste de la main, Gaston désigna les corps autour de lui.

— Il faut faire le ménage avant que les autorités humaines n'arrivent.

— Une équipe de ménage a déjà été appelée, annonça Arik, le roi lion aux cheveux d'or qui paraissait immaculé.

Alors que de nombreuses cultures dépeignaient le mâle comme le défenseur et le guerrier, pour les lions, c'était différent. Avec eux, c'était les femelles qui jouaient un rôle actif, chassant et protégeant. Un lion était féroce, mais également un peu paresseux. Il ne se mobilisait que pour de vrais problèmes. Alors que les lionnes faisaient des petits problèmes de gros problèmes, juste pour le plaisir. Du moins, c'était ce que Gaston avait appris récemment en enquêtant sur eux.

Par exemple, il savait que le clan de lions local était constitué de l'alpha, Arik qui se faisait appeler le roi de la jungle de béton. Puis, il y avait Hayder, son bêta et Leo, son oméga. Ajoutez à cela Jeoff, qui dirigeait l'entreprise de sécurité qu'ils engageaient pour garder le clan de lions en sécurité.

Mais ils n'avaient pas que Jeoff, un loup-garou avec une petite meute dont il se servait comme hommes de main. Ils avaient également les lionnes, l'armée la plus féroce qui soit. Celles-ci s'occupaient des employés renégats de

Gaston sans que celui-ci n'ait une seule goutte de sang sur son costume. Elles avaient résolu son problème sans même exiger de paiement.

Mais cela ne voulait pas dire qu'il ne devait pas les remercier. Au moins une personne en particulier.

Il s'avança vers les corps et s'approcha de la beauté à la peau moka. Quelques gouttes de sang l'avaient tachée. Mais cela n'enlevait rien à sa beauté. En fait, elle sentait plutôt bon et avant que l'on ne fronce le nez, il était important de souligner que Gaston aimait bien tout ce qui était en rapport avec la mort.

— Mademoiselle Reba Fillips. Je suis Gaston Charlemagne. Je ne crois pas que nous ayons déjà eu le plaisir de vraiment nous rencontrer, la salua-t-il rapidement.

Elle se pencha en avant pour refaire ses lacets et le devant de sa chemise s'ouvrit suffisamment pour qu'il puisse voir ses seins dans toute leur splendeur.

Ce n'était pas bien de la regarder. Mais cela ne l'arrêta pas pour autant. Alors, bien sûr, elle le surprit en train de la reluquer.

Elle leva un sourcil.

— Fixe-moi encore du regard et je porte plainte.

Un vrai homme ne s'excusait pas d'admirer les attributs d'une femme, mais il pouvait la féliciter pour d'autres choses.

— Je suis très impressionné par vos talents de guerrière.

Elle le regarda de haut en bas.

— Je ne peux pas dire que je sois très inspirée par les vôtres. Je m'attendais à ce que vous soyez plus impressionnant.

Elle baissa les yeux, fixant un point sous sa ceinture.

Plutôt effrontée. Sympa. Il ne put s'empêcher de sourire de toutes ses dents.

— Si je m'étais impliqué, j'aurais peut-être gâché votre plaisir, comme je l'ai fait ce soir-là au club.

Apparemment, endormir tout le monde avant que la violence n'éclate était considéré comme le summum de l'impolitesse pour les lions.

Ses lèvres s'étirèrent.

— Pas faux. Vous auriez probablement fait face à quelques chatons en colère si vous nous aviez fait le même coup. J'aime tellement faire un peu d'exercice.

Le sous-entendu était très clair.

— Je connais un programme très intense si vous voulez essayer.

Il n'était jamais sorti avec une métamorphe auparavant, notamment parce que cela lui paraissait mal de sortir avec un animal domestique, mais il allait peut-être devoir changer d'opinion.

*Certes, c'est une féline, mais elle n'est clairement pas apprivoisée.*

— La seule chose qui m'intéresse pour le moment, c'est de prendre une douche, dit-elle en fronçant le nez. Je pue la mort.

— Je sais.

C'est divin.

— Je n'habite pas très loin d'ici, continua-t-il. Tu es plus que bienvenue pour venir prendre une douche.

— Mon appartement est plus près.

— Le mien est plus *grand*.

Oui, il avait peut-être ronronné ces derniers mots.

Et elle... rigola.

— Va vraiment falloir que tu revoies tes techniques de drague, mon chéri. Ton accent a beau être sexy il ne peut pas masquer ton côté ringard.

Peut-être qu'il s'était un peu emporté. D'habitude, il n'avait pas besoin de faire beaucoup d'efforts avec les femmes. Il disait simplement bonjour. Parfois, il n'avait qu'à les regarder et elles faisaient immédiatement tomber leurs culottes. Sauf pour celle-ci. Cette femme ne semblait tout simplement pas intéressée.

Peut-être qu'il perdait son temps.

— Tu aimes les hommes au moins ? demanda-t-il.

— Ce n'est pas parce que je n'ai pas demandé à chevaucher ta matraque que j'aime les filles. J'aime les gars. C'est juste que toi tu ne me plais pas.

Il eut envie de lui demander pourquoi, mais le voile silencieux qu'il avait tissé autour d'eux pour masquer leur conversation s'évanouit. Et puis, il n'allait pas la supplier non plus.

En tout cas, il n'en avait pas l'intention, mais elle représentait un sacré défi. Elle l'intriguait. Il fallait qu'il la revoie.

Si seulement elle était d'accord.

Elle ignora les fleurs qu'il lui envoya en lui demandant de l'appeler. Elle ignora le SMS qu'il lui envoya, lui demandant de dîner avec lui.

Inacceptable. Elle était une énigme qu'il devait résoudre. Un défi qu'il devait relever. Alors quand Arik l'appela et lui dit :

— Il se passe encore des trucs bizarres. On aimerait que tu viennes jeter un œil.

Il accepta, mais à une condition…

## CHAPITRE DEUX

— Où est-ce que tu vas ? demanda Stacey, l'une de ses meilleures amies alors que Reba marchait d'un pas nonchalant dans le hall d'entrée de la résidence.

— Le patron m'a demandé d'aller au club.

— Quelle horreur, dit sa meilleure amie en plaquant la main sur sa poitrine.

— Ouais, quelle horreur. C'est de l'autre côté de la ville et ce n'est pas mon style.

Son style c'était de se bourrer la gueule, non loin de son appartement.

— Tu comptes secouer le propriétaire du club ? lui demanda une autre de ses meilleures copines, Joan dont le visage dépassait désormais du divan.

— C'est plutôt lui qui aimerait la secouer, ricana Melly, étalée sur l'une des chaises. C'est pas lui qui t'a envoyé toutes ces conneries ?

— S'il croit qu'il peut m'acheter, il va vite comprendre.

Sérieusement, des fleurs et du chocolat. S'il avait vraiment voulu la courtiser, il lui aurait envoyé des diamants et des chaussures haute couture. Il y avait des critères à respecter quand même.

— À plus, les pétasses.

Elle les salua avant de sortir du bâtiment et monta à bord du taxi qu'elle avait appelé, toujours aussi furieuse.

*Je n'arrive pas à croire que je sois obligée d'aller rendre visite à ce type pompeux.* Mais Arik avait rugi et Reba avait obéi. Cela ne voulait pas dire qu'elle allait bien se comporter pour autant.

Les pointes des talons aiguilles de Reba claquèrent – une paire de Jimmy Choo qui valait chaque centime dépensé. *Mes précieuses chaussures. Si tu les touches, je t'arrache le visage.*

Les talons en question étaient faits pour ses pieds et offraient quelques centimètres de plus à sa petite taille. Non pas qu'elle n'ait jamais laissé sa petite taille lui dicter son caractère. D'ailleurs, elle en avait beaucoup, du caractère, ainsi que de l'assurance, elle avait aussi sa propre voiture et beaucoup d'amour propre. Avec sa démarche, Reba balançait ses hanches généreuses, le tissu de sa jupe courte se mouvait alors qu'elle se pavanait devant la file de personnes qui attendaient d'entrer dans le club.

Les files d'attente c'était pour les moutons et pour ceux qui possédaient ce que l'on appelle la patience. Reba était quasiment sûre d'avoir troqué son quota de patience contre un cookie étant petite. Par conséquent, la patience n'était pas l'une de ses vertus, alors il était hors de question qu'elle attende son tour.

Ignorant les protestations de ceux qui n'étaient pas

aussi formidables qu'elle, elle se plaça devant eux, pour se retrouver bloquée à l'entrée par un mec costaud qui portait une chemise de golf à col noir sur laquelle était brodé le logo du Club de La Ménagerie Tropicale. En dessous, on pouvait lire le mot « Staff ».

— Stop.

*Euh, allô ? Il croit vraiment qu'il peut se mettre en travers de mon chemin ?*

Même si elle n'était pas avantagée par sa taille, cela ne voulait rien dire pour Reba. Elle leva les yeux vers lui et le gratifia d'un regard. Ce fameux regard. Celui qui disait : « Bouge ton cul, mon petit pote. » Sauf que dans ce cas-là, le petit pote était un humain assez costaud et il fut assez bête pour lever la main, lui bloquant le passage.

*Oh, certainement pas, non. Il n'avait pas osé !*

Il aggrava son cas.

— Vous ne pouvez pas entrer.

Le terme « ne pas pouvoir » n'était pas reconnu par Reba. Maman avait essayé de lui apprendre à connaître et respecter les limites. Mais Papa lui disait toujours que le fait de « ne pas pouvoir » n'était qu'un état d'esprit. Devinez qui elle avait écouté ? Ce n'était pas pour rien que Reba avait un tiroir chez elle qui était dédié à tous ses tee-shirts portant l'inscription « Fille à papa ».

— Je suis attendue, annonça-t-elle.

Enfin plus ou moins. Et même si ce n'était pas le cas, comment osait-il se mettre en travers de son chemin ?

*Ne le frappe pas. Souviens-toi de ce qu'Arik t'a dit sur le fait de s'assurer que tout ce que tu fais est justifié.* Apparemment, il avait convenu avec Charlemagne d'une sorte de règle d'instigation. Qui se résumait par : ne frappe pas en premier. Même si c'est tentant. *Snif, miaou.*

Elle se comporta bien et mit ses mains derrière le dos, mais cela n'empêcha pas ses hanches de tressauter et elle pouvait presque sentir le fantôme de sa queue se balancer derrière elle.

*Je sens une envie de bondir qui arrive.*

*Garde le contrôle.*

Le petit pote fronça les sourcils.

— Personne ne m'a prévenu qu'il y aurait des invités VIP ce soir, alors retournez faire la queue.

*Moi ? Faire la queue ?* Désolée, Arik, mais on venait de lui donner toutes les raisons d'être fougueuse. L'humain croyait qu'il pouvait l'empêcher d'entrer. Ce genre de témérité méritait une réponse.

Aussi rapide qu'une vipère, elle tendit la main, l'attrapa par le poignet et l'attira vers elle, assez près pour qu'il puisse voir la couleur ambrée et primaire de son animal briller dans ses yeux. Elle montra aussi légèrement les crocs.

— Ne te mets pas en travers de mon chemin. J'ai déjà fait pleurer des mecs plus costauds que toi.

C'était toujours très gênant quand ils sanglotaient en appelant leur maman.

Le videur costaud ricana.

Elle faillit glousser de joie. Ils n'écoutaient jamais. Un plaisir si prévisible.

Elle lui donna un coup brusque et le petit pote tomba par terre, son visage rond pâlissant de douleur. Elle ne lui brisa pas le poignet, mais dut faire un effort. Elle ne mesurait jamais sa force quand elle avait affaire à des moutons.

Arik avait également ordonné de ne pas se jeter sur le livreur de pizza jusqu'à ce qu'il couine. Comme si elle et ses copines allaient l'écouter. Cela faisait partie de leur rituel du vendredi soir, tout comme le fait de se mettre au défi de courir nues dans la rue. Mais maintenant que Meena, leur championne de nudité était partie et que les flics attendaient de leur donner une amende pour exhibitionnisme, il leur faudrait trouver un nouveau triple défi pour quand la bouteille de tequila serait vide.

Toujours à genoux, le petit pote se mit à gémir. Oups. Elle l'avait oublié l'espace d'une seconde. Remarquant que le videur portait une oreillette, elle se pencha vers lui et murmura :

— Prêt ou pas, j'arrive, dit-elle avant de relâcher l'humain.

Il recula et lui jeta un regard noir, mais il n'essaya pas de l'arrêter quand elle entra à l'intérieur. Un homme intelligent. Elle aurait pu oublier ses bonnes manières s'il avait tenté quoi que ce soit.

*Tu vois, patron, je me suis retenue.* Elle s'était arrêtée avant de le faire pleurer.

Après avoir franchi le seuil, elle se retrouva dans une pièce annexe avec des bancs qui longeaient les murs, leur surface était de couleur sombre et des symboles brillants et des lettres étranges étaient peints dessus. Un décor étrange qu'elle ignora – bien qu'elle se soit notée d'envoyer une carte de visite au club. Quelle que soit la personne qui avait décoré et choisi les couleurs pour cet endroit, elle avait probablement dû échouer à l'école de design d'intérieur. Ce club avait grandement besoin d'aide, mais elle n'était pas là pour vendre ses services – pas encore. Elle s'en occuperait lundi.

Aujourd'hui, elle était là pour le clan. Elle se pavana jusqu'à la porte qui donnait concrètement sur la boîte de nuit. Deux femelles habillées avec goût – ou plutôt des humaines qui portaient des hauts de maillot et des mini-shorts qui leur moulaient les hanches, plutôt adaptés pour un strip-tease – tressaillirent devant elle. Elles serrèrent leur bloc-notes contre leur poitrine, une poitrine qui ne leur semblait certainement pas à la hauteur de celle de Reba ; complètement naturelle avec un décolleté qui pouvait engloutir des objets, l'endroit idéal pour ranger son téléphone et son argent.

Les filles qui gardaient la porte du sanctuaire intérieur portaient des oreillettes et même si la musique empêchait Reba d'entendre quoi que ce soit, quelqu'un leur annonça manifestement quelque chose puisqu'elles tressaillirent. *Je crois que quelqu'un vient de leur expliquer qui leur rendait visite.* La façon dont elles reluquèrent son style de rock star fut assez flatteuse, vraiment. Reba leur souffla un baiser et rigola quand elles reculèrent.

Qu'est-ce qui dans son apparence, les rendait si méfiantes à son égard ? Le petit pote avait-il pleurniché en se plaignant de la méchante dame ? S'inclinaient-elles devant ses chaussures extraordinaires ? Mais bon on s'en foutait, non ? À vrai dire, elle ne s'en foutait pas, car personne ne voulait jamais jouer avec elle. Apparemment, Reba jouait à la dure. Luna n'était pas la seule à casser des jouets.

— Mesdames, ronronna-t-elle alors qu'elle atteignait la deuxième série de portes battantes.

Les filles qui se tenaient de chaque côté reculèrent. Elle tira sur la poignée pour ouvrir d'un côté et alors qu'elle entrait, elle remarqua que des employés vêtus de tee-shirts noirs se dirigeaient vers elle. Des gars costauds avec de gros muscles.

Sympa. Au moins, ils étaient assez respectueux pour ne pas en envoyer qu'un. Les femmes aimaient se sentir appréciées. Avant même qu'elle ne leur donne un coup de pied dans les testicules et ne les fasse chanter comme des sopranos, ils s'arrêtèrent, assez brusquement, et firent demi-tour, disparaissant à nouveau, tapis dans l'ombre, là où ils aimaient se cacher. Probablement parce qu'un certain gars, discret et furtif, se tenait derrière elle, mais pas assez discret pour qu'elle ne le remarque pas. Son odeur intrigante – le genre de parfum dans lequel elle aurait aimé se rouler – le trahit.

— Tu n'aurais pas pu attendre quelques minutes de plus ? J'espérais faire un peu d'exercice, se plaignit-elle.

Pourquoi les gens lui gâchaient-ils toujours son plaisir ?

— Si j'avais su que tu venais, j'aurais demandé à mon personnel de jalonner l'allée de pétales de roses et je t'aurais accueillie moi-même à l'entrée, rétorqua une voix qui ressemblait à celle de la radio en fin de soirée – celle qui disait des choses cochonnes quand elle était seule dans son lit avec son ami à piles.

Comme si elle allait avertir Gaston Charlemagne, le nouveau résident mystérieux de leur ville. Ce n'était pas comme ça qu'elle fonctionnait.

— Pourquoi perdre du temps ? annonça Reba.

Arik lui avait donné une mission – *Trouve ce que fait Charlemagne dans ma ville* – et au lieu de donner ses fleurs à la maison de retraite du coin ou de jeter les chocolats exotiques qu'il avait envoyés aux filles qui avaient plongé des canapés pour les attraper, elle avait pris une approche plus directe et l'avait suivi jusqu'à son lieu de travail. Le Club de la Ménagerie Tropicale. Apparemment, M. Charlemagne s'adressait à ceux qui préféraient un style de vie plus hédoniste.

Du moins, avant en tout cas. Quand il avait créé son premier club, celui-ci n'était ouvert qu'aux couples et filles célibataires. Mais depuis l'incident avec son personnel qui s'était rebellé, il avait opté pour une atmosphère de boîte de nuit plus classique. C'est-à-dire plus de gens qui s'embrassent dans des cages au-dessus du sol et une musique plus entraînante pour danser.

Pivotant sur ses talons, elle étudia la silhouette svelte de Gaston Charlemagne. Du haut de son mètre quatre-vingts, il était habillé de manière impeccable, vêtu d'un pantalon noir, le devant parfaitement plissé, il portait une chemise d'un bleu nuit profond et un sourire à lui faire mouiller sa culotte. Heureusement qu'elle n'en portait pas.

*Il est très appétissant.*

Et son odeur était encore plus incroyable.

Tout comme la première fois où elle l'avait rencontré, elle se demanda de quoi parlaient les autres quand ils affirmaient qu'il n'avait pas d'odeur. Elle trouvait qu'il sentait parfaitement bon. Plus que bon même. Il sentait le chocolat de façon presque indécente avec une pointe de mystère fumé. L'arôme lui donna l'eau à la bouche.

*Veux le croquer.*

— Vas-y, dit-il en penchant la tête en arrière, dévoilant sa gorge. Prends un morceau.

Cette invitation était moins flippante que le fait que...
*IL A LU DANS MES PENSÉES PUTAIN !*

OH, non. C'était forcément l'œuvre du diable. Étant une bonne petite catholique – enfin si le fait de posséder la tenue adéquate avec la jupe courte et les chaussettes blanches jusqu'aux genoux comptait – elle sut quoi faire.

Croisant les doigts, elle les tint devant elle comme une protection.

— Sors de ma tête, horrible créature.

— Pardon ?

— Va-t'en, ô voleur d'âmes. Tu n'auras ni mon corps ni mon sang.

OK, il pouvait peut-être avoir son corps, mais elle garderait son sang dans ses veines, merci, mais non merci.

Il leva un sourcil noir, aussi foncé que les cheveux sur son crâne, mais sans les reflets rouges.

— Qu'est-ce que tu racontes comme sottises ? Tu te rends bien compte que je ne suis pas un vampire, non ?

Ça, c'était ce qu'il disait. Comme si un vampire allait admettre qu'il en était un.

— Je ne sais pas ce que tu es, mais je sais que je ne laisserai personne lire dans mes pensées.

Notamment quand celles-ci impliquaient de lui enlever ses vêtements.

*Le clouer sur place pour le lécher. Longuement, doucement, de ma langue râpeuse sur ses lèvres sensuelles et charnues jusqu'à la sucette qui se trouve sous sa ceinture.*

C'était peut-être son chaton intérieur qui avait initié ces pensées, mais à la fin, c'était surtout les siennes – et elles étaient probablement en train d'être lues par lui en ce moment même !

Elle lui jeta un regard noir et agita son doigt dans sa direction.

— Ignore cette dernière pensée. Je ne ferai pas ça.

— Faire quoi ?

— Ce à quoi je pensais.

Une pensée qu'elle avait eue dès qu'elle avait commencé à lui parler dans la bouche de métro. Elle l'avait repoussé surtout parce qu'elle ne se faisait pas confiance quand il était près d'elle. Charlemagne était assez irrésistible. Même les autres lionnes avaient remarqué son charme.

*Elles n'ont pas intérêt à le toucher.*

Ses lèvres tressautèrent.

— Et à quoi tu pensais, *chaton* ? dit-il avec un ronronnement que sa lionne lui envia.

— Ne fais pas comme si tu ne savais pas. Je sais que tu peux lire dans les pensées.

C'était ce qui se disait dans les livres de vampires qu'elle lisait.

Face à son accusation, un rire gras lui échappa.

— Difficilement.

— Alors comment as-tu su que je voulais te mordre ?

— Parce que tu as exprimé ton souhait à voix haute.

Elle cligna des yeux.

— Ah bon ?

Merde.

— Mais maintenant, j'aurais aimé que tu me dises à quoi tu pensais il y a quelques secondes. Qu'est-ce qu'une demoiselle comme toi pourrait penser pour se lécher les lèvres et pour que la température de son corps augmente d'un coup ?

— Demoiselle.

Elle laissa échapper un ricanement. Heureusement qu'il n'était pas conscient du miel qui glissait sur son autre paire de lèvres. Mais peut-être que s'il le savait, il agirait en conséquence.

Vilain *chaton*. Elle était ici pour le travail et non pas pour le plaisir.

— As-tu reçu les fleurs et les cadeaux que je t'ai envoyés ?

En d'autres mots : pourquoi m'as-tu ignoré ? Elle sourit.

— Non.

Un pur mensonge, et il le savait, mais il ne le lui fit pas remarquer.

— Je suis surpris de te voir ici.

— Bizarre puisque tu m'as demandé de venir.

— Mais je ne m'attendais pas à ce que tu le fasses. Jusqu'à présent, tu étais insaisissable.

— Ça s'appelle se faire désirer.

Elle ne put s'empêcher d'afficher un rictus.

Il ne la laissa pas prendre le dessus dans leurs joutes verbales.

— Mais tu as enfin succombé. Tu es venue *jouir* des plaisirs du club.

Son sous-entendu ne lui échappa pas.

Un délicieux frisson la parcourut et il lui fut difficile de se rappeler pourquoi elle ne se mettait pas toute nue devant lui. Il avait le don de faire rugir son moteur.

*Saute-lui dessus.*

Sauter sur un gars qui était peut-être un vampire et qui

donnait des ordres à des types chauve-souris ? Était-elle folle ?

Oui.

— Il me faut un verre, murmura-t-elle.

Une boisson composée de quatre quarts d'alcool et de zéro jus de fruits. Pas la peine de laisser une boisson soft se mettre en travers de son chemin.

— Permets-moi de te servir.

Comment Charlemagne faisait-il pour que cela sonne aussi cochon ? Et pourquoi est-ce que cela lui plaisait ? Il était indéniable qu'elle aimait plutôt bien son côté audacieux étant donné qu'elle aussi avait tendance à agir comme tel. Rien ne l'effrayait, pas même cet homme, c'est pourquoi elle posa sa main sur son avant-bras, pour finalement être surprise. Étant donné qu'il s'était abstenu de se battre dans les égouts, et même dans son club, elle avait supposé, à tort, qu'il n'était peut-être pas en très bonne forme physique. Les muscles épais cachés par ses longues manches disaient le contraire.

Elle les serra.

— Je vois qu'on fait du sport.

— Un homme devrait toujours être prêt au cas où il aurait besoin de se livrer à une activité physique intense.

— L'endurance est importante, mais – elle lui lança un regard par-dessous ses cils – quand on est vraiment compétent on n'a pas besoin de beaucoup de temps.

Il éclata de rire.

— C'est vrai. Mais l'endurance peut parfois être utile dans d'autres situations.

— J'imagine que ces autres situations ne consistent pas

qu'à te battre dans la boue avec ton personnel vêtu d'un simple pagne.

Alors qu'ils se promenaient parmi les clients du club, un type costaud attira son regard. Comme elle avait lu le dossier, elle connaissait son prénom. Jean-François, qui était soi-disant le second de Gaston et une sorte de créature bizarre, un croisement entre une chauve-souris et une gargouille. Comment s'appelaient-ils déjà ? Des whampeurs ? Ou des whampitres ? Elle ne savait plus, c'était d'ailleurs pour ça qu'elle était venue ici afin d'en apprendre plus. Et surtout, pour en apprendre plus sur tous ces trucs étranges qui avaient lieu en ville.

Durant la réunion, Arik et son équipe avaient parlé de Gaston Charlemagne et de son drôle de personnel. Ce qu'ils savaient jusqu'à présent c'était que : Charlemagne était arrivé dans leur ville depuis l'étranger et les ennuis n'avaient pas tardé à suivre. L'homme lui-même semblait être une sorte de créature surnaturelle. Mais pas un métamorphe. D'après une de leurs théories, c'était un vampire. Trop cool. D'autres disaient qu'il était un extra-terrestre qui contrôlait les esprits et qui était venu ici pour leur implanter un code génétique étranger. C'était aussi plutôt cool.

Cet homme avait tellement de secrets, et elle voulait tous les découvrir – même ceux qu'il cachait derrière ses vêtements. Certains théorisaient même qu'il était le diable et avait une queue. Reba s'était officieusement portée volontaire pour le découvrir. Charlemagne n'était pas le seul qui intéressait le clan. Son personnel, leur espèce n'ayant jamais été aperçue auparavant, était une énigme. Ils avaient beau se transformer en une créature hybride proche de la chauve-souris, ils n'avaient rien à voir avec ces petits animaux nocturnes mangeurs d'insectes, surtout quand on ajoutait le fait qu'ils buvaient du sang.

Mais Reba n'était pas opposée à un petit encas frais. Sa lionne n'était pas un foutu lapin qui se nourrissait exclusivement de feuilles et de carottes. Quand on avait bon appétit, on voulait des protéines – et pas seulement la saucisse d'un mâle. Mais de là à sucer le sang depuis la veine d'un humain ? Ou d'un métamorphe ? Cela la répugnait.

*On ne mange pas les êtres vivants qui parlent.* Une règle enseignée à tous les métamorphes dès leur plus jeune âge, en particulier les prédateurs. Mais les métamorphes aviaires ne voulaient toujours pas laisser aller leurs enfants dans la même école que les autres. Faites une blague sur le fait de manger un cygne au repas de Thanksgiving et toute une population d'animaux est offensée.

Mais revenons-en à Charlemagne et son équipe, bien plus petite que celle avec qui il avait commencé en emménageant dans la ville appartenant au clan. Apparemment, certains membres spéciaux de son personnel s'étaient lancés dans une folie de meurtres et kidnapping, mangeant des métamorphes qui appartenaient au clan et à d'autres meutes. Un grand NON et même si ces coupables n'étaient plus, l'homme qui les avait employés était encore là et M. Charlemagne semblait penser qu'il était au-dessus de leurs lois.

Pff. Ouais, mais non. Reba était là pour lui remettre les pendules à l'heure, obtenir des réponses et peut-être quelques verres gratuits. Étant une lionne, elle comptait bien s'amuser tout en faisant son travail – à ses frais, bien sûr.

— Si la demoiselle souhaite voir mes talents de lutteur en direct, alors sois rassurée, je serai plus qu'heureux de te les montrer. En personne.

Elle jeta un rapide coup d'œil au propriétaire du club et ses lèvres s'étirèrent en un rictus partiel.

— Désolée, mais tu n'es pas mon genre.

D'habitude, son genre de type rugissait. Dommage qu'ils ne restent jamais longtemps après. Il y avait quelque chose chez Reba qui leur faisait peur.

Pff, mauviettes. Tout le monde savait que Luna était celle qui était violente et que Reba était une demoiselle.

Hum, hum. Elle toussa. Cette maudite lionne avait encore une boule de poils coincée dans la gorge.

— Ah oui, j'aurais dû m'en douter. Tu préfères les hommes plus souples qui se plient à tous tes ordres. Effectivement, on n'irait pas bien ensemble étant donné que moi aussi j'aime donner des ordres.

Il lui fit signe de le précéder pour monter les escaliers, et quand elle passa devant lui, il lui donna une tape sur les fesses en murmurant d'une voix rauque :

— Notamment au lit.

Miaouu putain. Elle n'aurait pas pu dire ce qui était le plus sexy, ses mots, la tape, ou le fait qu'en sautillant dans les escaliers elle s'assurait que sa jupe rebondisse et s'évase et lui donne alors une très bonne vue de ses atouts.

*Regarde ce trésor et pleure, car ces cuisses ne s'agripperont pas à toi de sitôt.*

La mission que lui avait donnée Arik était accompagnée de quelques règles – la première était de ne pas déclencher de bagarres. La numéro deux était la même que la numéro une. Et la numéro trois était de ne pas coucher avec Charlemagne ou son staff. À moins que ce ne soit nécessaire – celle-là elle l'avait rajoutée étant donné qu'Arik l'avait probablement oubliée. Reba se sacrifierait pour l'équipe si besoin.

*Bon sang, je me sacrifierais même juste parce qu'il était beau à regarder.* Presque aussi arrogant qu'un lion, elle aimait plutôt bien sa franchise.

La volée de marches la mena jusqu'à un petit palier et une porte. Le type qui la gardait, un gars qui n'avait pas d'odeur, fit un pas sur le côté et elle s'engouffra de l'autre côté, déjà familière avec la configuration du club depuis son briefing. Elle avait fait exprès de ne pas s'y rendre depuis qu'elle avait rencontré Gaston, bien trop consciente de cette attirance folle qu'elle avait envers cet homme et elle était déterminée à l'ignorer. Jusqu'à ce que le patron lui ordonne d'y aller.

Maintenant, comme elle n'avait pas le choix, elle comptait bien en profiter au maximum. Quelle épreuve ! Devoir aller en boîte pour obtenir des informations. Ah ce qu'elle ne ferait pas pour son travail. Elle soupira.

Puis gloussa.

Malgré le mauvais goût de Gaston en matière de déco, elle devait reconnaître que les lieux étaient chics. Les principales installations du club Forêt Tropicale se trouvaient au rez-de-chaussée – deux pistes de danse, quelques bars, un salon avec de vrais canapés – couverts de faux cuir pour faciliter le lavage – et des toilettes, certaines unisexe avec de grands boxes pour favoriser les rencontres. Du moins, c'était ce qu'elle avait entendu. Ce n'était pas parce que Reba s'abstenait de faire la fête ici que les autres du clan faisaient de même.

Seuls la cabine du DJ et les bureaux étaient situés plus haut que le rez-de-chaussée.

*Pour mieux surveiller ses affaires, je parie.* Et que voyait-il quand il regardait en bas ? Quand le club répondait aux besoins des humains et de leur côté hédoniste, regardait-il ? Se laissait-il aller en utilisant ses cinq doigts ?

Elle faillit le lui demander. Faillit. Il le prendrait sûrement comme une invitation si elle le faisait, alors elle s'abstint et battit des cils.

— Pourquoi ai-je encore l'impression que tu viens d'avoir des pensées cochonnes ?

Comment faisait-il pour lire aussi bien en elle ?

— Peut-être parce que c'est le cas. Dommage que tu n'aies pas pu lire celles-ci, dit-elle en poussant un petit rire et en se détournant pour vraiment observer les lieux.

Une petite lampe qui diffusait une lumière tamisée dans un coin était la seule source d'éclairage de la grande pièce. Mais le manque de lumière ne l'empêchait pas de voir correctement. Au contraire, cela aidait à voir ce qui se passait en bas. Un mur entier de fenêtres surplombait le club très fréquenté et elle se tenait tout près, jetant un coup d'œil sur l'entreprise que Charlemagne avait réussi à construire en peu de temps. Mais la transition entre un club libertin et une boîte de nuit classique ne semblait pas avoir affecté sa fréquentation.

— Il y a du monde ce soir.

— Il y a du monde tous les soirs, mais ma réussite en tant que chef d'entreprise n'est pas la raison de ta présence ici.

— Tu as raison, dit-elle en pivotant. Je suis ici pour en apprendre plus sur toi.

Chaque détail intime, à commencer par sa pointure. Jetant un coup d'œil vers le bas, elle vit que la taille de ses pieds était correcte. Quant à ses mains ? Des doigts longs, mais fins et il portait un anneau à la main gauche, non pas une alliance, mais une bague épaisse et masculine avec une pierre épaisse.

— C'est un interrogatoire, donc ?

— Dans un sens, oui.

— Et si je choisis de ne rien te dire ? Que feras-tu ?

Cette taquinerie intentionnelle la nargua et elle ne put s'empêcher de rétorquer.

— Je suppose que je vais devoir te torturer.

— C'est prometteur.

Encore une fois, il la caressa presque avec ses mots.

C'était vraiment déconcertant, d'autant plus qu'elle avait aussi envie que ses mains la caressent. Elle essaya de se distraire en s'asseyant sur son bureau, croisant les jambes et inclinant la tête.

— Tu ne m'avais pas promis un verre ?

— Les promesses sont puissantes et ne doivent jamais être prises à la légère.

Effectivement, car si l'on brisait ses promesses, une lionne pouvait se réveiller avec les sourcils rasés et une moustache dessinée au marqueur permanent. La pauvre Stacey avait passé des semaines à porter une burka, mais elle avait retenu la leçon. Ne promettez pas à une copine une soirée films à l'eau de rose et glace pour ensuite la laisser tomber pour un mec.

— Ça veut dire que tu m'as menti à propos du verre ?

Ses lèvres tressautèrent.

— Tu as des demandes particulières ?

Un verre de mec grand, sombre et beau ? *Tsss, tiens-toi bien.*

— Je prendrai n'importe quelle boisson secouée, remuée ou même léchée sur mon sein.

Elle n'eut pas besoin de les saisir et de les serrer l'un contre l'autre. Elle portait le *bon* soutien-gorge aujourd'hui, celui qui faisait un doigt d'honneur à la gravité.

— La tequila est meilleure quand on la boit sur la peau, expliqua-t-elle.

— Et si on s'en tenait à quelque chose de plus classique que l'alcool fort ?

Il lui tourna le dos et alors qu'il sortait une bouteille d'une petite cave à vin – voilà un homme qui avait la classe et buvait des bouteilles et non des cubis – elle en profita pour l'étudier.

Avec la lumière suspendue au-dessus du frigo, ses cheveux brillaient et avaient des reflets auburn, une teinte surprenante pour un homme qui était manifestement originaire du sud de l'Europe. Son petit accent sexy le trahissait sur ses origines. Il gardait ses cheveux courts, soigneusement coupés, assez pour qu'ils ne touchent pas le col de sa chemise boutonnée. Ses épaules larges mettaient en avant une taille svelte et un cul bien dessiné. Alors que Charlemagne se retournait, il la surprit en train de le fixer et il leva son sourcil foncé.

— Tu admires la vue ?

— Je me demande ce qui se cache en dessous.

Elle tendit la main et enroula ses doigts autour du verre à vin.

— Je pourrais me déshabiller pour te montrer, mais

pourquoi gâcher la surprise ? Tu partiras en te posant la question.

Quelle arrogance ! Il supposait qu'elle penserait à lui. Elle ne put s'empêcher de rire.

— Comme c'est mignon, tu crois que j'en ai quelque chose à faire de toi. Désolée, mon chéri, mais tu fais gravement erreur.

Encore des mensonges. Elle pensait effectivement à lui depuis quelque temps, mais sa maman lui avait appris à ne jamais le dire à un homme.

— Le truc, *chaton*, c'est que je ne me trompe jamais. Je t'intrigue.

— Parce que je suis obligée de l'être. Tu sembles croire que je suis ici parce que je suis venue de mon plein gré, dit-elle en imitant le bruit d'un buzzer de jeu télévisé. Faux ! Je suis ici parce que le patron m'a envoyée.

— Envoyée pour percer mes secrets par ton soi-disant roi lion.

Cette calomnie lui fit relever la nuque et plisser les yeux.

— Arik est le roi de cette ville.

— Il est peut-être le roi des chats, et même de quelques chiens, mais il n'a aucune emprise sur moi. Je ne suis pas du genre à me laisser commander. Par personne.

Il sourit. Et c'était un sourire délicieux.

Quel petit bâtard insolent. Mais il allait devoir faire plus d'efforts s'il comptait l'impressionner. Reba connaissait déjà beaucoup d'hommes arrogants.

— Tu dis que tu ne reçois d'ordres de personne et pourtant tu es là, arrivant dans notre ville en cachette. T'installant en secret.

— En secret ? rigola Charlemagne. Ce n'est pas vraiment un secret. Vous n'avez juste jamais remarqué ce qui se passait sous votre nez.

Car personne ne pouvait sentir l'odeur de Gaston, à part Reba, et personne ne pouvait sentir ses hommes non plus. Comment pouvaient-ils détecter un éventuel ennemi parmi eux s'ils ne pouvaient pas se fier à l'odeur ?

Elle agita le contenu de son verre et lui demanda :

— Qui est-ce que tu fuis ? Parce que les hommes d'affaires prospères ne partent pas comme ça en traversant un océan pour recommencer à zéro.

— Qui a dit que je fuyais ? Parfois un homme s'ennuie et a besoin de nouveaux défis.

Elle jeta un coup d'œil par-dessus son épaule.

—Parce que pour toi faire danser les gens et les pousser à se bourrer la gueule chaque soir c'est un défi ?

— Diriger un club c'est bien plus qu'un simple lieu qui joue de la musique et propose de l'alcool.

— Ah bon ? Alors qu'est-ce qui fait que le tien ait autant de succès ? D'après les rumeurs, tes soirées ont parfois tendance à se transformer en orgie.

Il leva les mains en l'air, un geste d'innocence qui contrastait avec son air malicieux.

— Je ne peux pas contrôler ce que font mes clients. Parfois, leurs envies changent et il se passe des choses.

— Moi aussi dans ma vie il se passe des choses, mais l'hédonisme n'en fait généralement pas partie, à moins qu'il ne soit encouragé par des éléments extérieurs.

Reba avait beau avoir un côté sauvage, elle préférait que la porte soit fermée quand elle enlevait ses vêtements. Mais cette fameuse porte pouvait être en public. La possibilité de se faire surprendre ajoutait une certaine part d'excitation.

— Tu m'accuses de droguer mes clients ? dit Gaston en croisant les bras.

— C'est déjà arrivé avant. Ou est-ce que tu comptes nier cet incident avec les paillettes quand il y a eu tous ces problèmes ?

Les problèmes étant que les métamorphes qui se rendaient au club ne cessaient pas de disparaître : un snack pour ses employés. Mais ce n'était pas la seule chose qui s'était produite. Plusieurs rapports avaient fait état d'une pluie de poussière scintillante qui était tombée sur les clients de la boîte de nuit, une poussière qui avait éradiqué toutes leurs inhibitions. Luna et Jeoff s'étaient fait surprendre par cette fameuse pluie pendant qu'ils enquêtaient. D'après Luna, la situation était vite devenue très torride et intense.

— La police a écarté l'hypothèse d'un acte criminel. Un réservoir a été retrouvé au niveau des bouches d'aération. Aucune des empreintes digitales ne correspondait à celles des employés ou des clients. Le consensus général semble être que quelqu'un a voulu faire une farce. Ça n'arrivera plus.

Elle ne put s'empêcher de sourire en disant :

— Est-ce que c'est ta façon de dire qu'il n'y aura pas d'orgasmes ce soir ?

La plupart des hommes auraient soit battu en retraite soit été crus. Mais Charlemagne n'était pas du genre à être terrorisé par son audace. Ce n'était pas un homme indiscipliné qui essayait de lui sauter dessus sans subtilité. C'était un homme, dans la fleur de l'âge, qui respirait la confiance.

Ses yeux semblèrent scintiller d'un éclat rouge cramoisi, ou bien était-ce les rayons stroboscopiques à l'intérieur du club qui donnaient cette impression ? Il eut un sourire en coin, avec un soupçon sexy d'humour.

— Qui a dit qu'il n'y aurait pas d'orgasmes ?

— Moi, parce que, malheureusement, le patron a dit de ne pas toucher. Je suis juste censée te faire cracher le morceau.

Au sens figuré, pas littéral, beurk.

— Je n'aurais même pas besoin de te toucher pour te faire jouir.

Il s'assit sur un fauteuil en face d'elle, lui donnant l'avantage de la hauteur. Il s'assit en se mettant à l'aise, ses jambes légèrement écartées, les coudes sur les accoudoirs et les doigts entremêlés.

— Je pourrais te faire mouiller d'ici sans jamais poser une main sur toi.

Pensait-il vraiment qu'il pouvait l'amadouer pour la pousser à jouir ? Elle fronça le nez.

— Tu sais, mon chéri, je n'ai jamais été très fan des mots cochons. Personnellement, je pense que si tu as assez de souffle pour parler, c'est que tu n'utilises pas assez ta langue.

Cette fois-ci, ses lèvres tressautèrent pour de bon.

— Ma technique ne requiert pas de mot. Je te ferais simplement jouir.

Peut-être qu'il le pouvait. Sa voix veloutée agissait comme une caresse et l'excitation la fit vibrer. La chaleur palpita contre sa peau, et cette chaleur n'était pas provoquée par l'alcool présent dans le vin.

— C'est là que je suis censée être subjuguée par tes

sous-entendus malins, bondir sur tes genoux et me pâmer devant ta technique d'expert ?

— Bondis vers moi si tu veux.

— Je ne veux pas.

— Et tu mens à nouveau. Juste pour ça, je ne te ferai pas jouir jusqu'à ce que tu me le demandes.

— Je ne te le demanderai jamais.

Demander c'était pour les filles désespérées. Reba s'attendait juste à ce que la séduction se mette en marche.

Il secoua la tête, les reflets rouges dans ses cheveux scintillèrent.

— En utilisant le mot jamais, tu t'es assurée que cela se produise. Il y a des forces, des forces maléfiques, qui agiront contre toi.

Il parla de manière si sérieuse qu'elle ne put s'empêcher de rire.

— Je n'arrive pas à croire que tu sois superstitieux.

- Disons que je suis vieux jeu.

— Un homme qui est vieux jeu n'attend pas qu'une femme le supplie. Il prend, tout simplement.

— Pour ce qui est du sexe, je suis un homme moderne. Je pense que lorsque tu me demanderas de te faire du bien, j'y prendrai plaisir. En attendant, pendant que tu combats ton envie naturelle, dis-moi, qu'est-ce que tu veux savoir d'autre sur moi ?

Était-il aussi doué qu'il le prétendait ? Il n'y avait qu'une seule façon de le découvrir.

*Couché, chaton. Il n'y aura pas de spectacle.* Car elle ne lui demanderait pas de la faire jouir – même si elle était un peu curieuse. Au lieu de ça, Reba lui posa la question dont tout le monde voulait la réponse.

— Qu'est-ce que tu es ?

— Rien que tu n'aies déjà rencontré auparavant.

— Non, sans blague. Mais de quoi s'agit-il ?

— Pour l'instant, c'est un secret, répondit-il en penchant la tête. Question suivante.

Elle le laissa ne pas lui expliquer ce qu'il était, pour le moment.

— Pourquoi es-tu ici ?

— Je mène à bien certaines opportunités professionnelles.

— Mais pourquoi ici en particulier ? lui demanda-t-elle.

Ses yeux sombres croisèrent son regard.

— Peut-être que le destin m'a amené ici pour une raison précise. Il y a peut-être quelque chose dans cette ville dont j'ai besoin. Quelque chose qu'il me faut pour que je puisse survivre.

Elle claqua des doigts.

— Tu es venu pour la nourriture, n'est-ce pas ? Parce que tu sais que nous avons le meilleur restaurant de grillades en ville. Même si on oublie souvent de mentionner leurs accompagnements. Les pommes de terre rôties sont à mourir. Littéralement, genre ne touche pas aux miennes sinon je te poignarde avec une fourchette.

— J'essaierai de me retenir, dit Charlemagne sèchement.

— Donc on a un rencard ?

— Pardon ?

— Un rencard. Tu es long à la détente ou quoi ? Tu viens juste de dire que tu me promettais de ne pas manger mon plat, ce qui veut dire qu'on a un rencard. Heureusement pour toi, je suis libre demain soir pour te retrouver au restaurant de grillades le Clan du Lion. Fais-toi beau.

Elle lui tapota la joue et descendit du bureau.

— Est-ce que dix-sept heures c'est trop tôt pour toi ? J'ai entendu dire qu'il y aurait un grand soleil demain.

— Dix-sept heures, c'est très bien.

— À plus alors, elle lui souffla un baiser et se dirigea vers la porte, pour finalement couiner quand une main lui botta le cul.

— Mon chéri ! cria-t-elle, étonnée de la rapidité avec laquelle il s'était déplacé.

— Qu'est-ce qu'il y a, *chaton*.

Il ne semblait pas très proche et quand elle pivota pour regarder, il était toujours assis dans son fauteuil. Loin de ses fesses. Flippant.

— Tu m'as touchée ?

— Tu aimerais que je le fasse ? rétorqua-t-il.

*Oui.* Elle pouvait sentir sa peau pulser, sa queue fantôme se balançait, chaque partie d'elle la poussant à suivre son instinct. Et son instinct lui disait de bondir. Mais alors il gagnerait et le jeu serait terminé. Où était le plaisir dans tout ça ? Elle aimait jouer.

— Je ne vais pas te rendre la tâche si facile. Si tu veux tout ça – elle désigna sa silhouette du doigt – il va falloir bosser pour. Rappelle-toi ce que j'ai dit sur le fait de t'apprêter. Je veux que tu sois beau au cas où l'une de mes copines soit là demain.

*Mais de qui je me moque ? Évidemment qu'elles seront là puisque je vais les appeler et leur dire de venir.*

— Ne sois pas en retard, continua-t-elle. Sinon, je *commencerai* sans toi, le taquina-t-elle.

— Ça ne me dérange pas que tu prépares le terrain pour moi. Mets une robe, répondit-il juste avant que la porte derrière elle ne se ferme.

Oh, elle comptait bien porter une robe oui, sans mettre de culotte. *On verra qui se mettra à supplier demain soir.*

Miaou !

## CHAPITRE TROIS

Un rencard. Gaston avait un putain de rencard. Comment était-ce possible, bordel ?

Quand Arik l'avait contacté pour organiser plusieurs réunions, il l'avait ignoré. Gaston ne répondait pas aux animaux domestiques. Il ne les fréquentait pas non plus et pourtant, il remit en cause cette règle particulière dès que la beauté moka avec son attitude insolente ne quitta plus son esprit. Comment ses brèves rencontres avec Reba avaient-elles pu avoir un impact aussi durable ? Il voulait la revoir, tout de suite. Pourtant, de nos jours, il n'était pas possible de l'attraper dans la rue. Désormais, on appelait ça un enlèvement et une séquestration. À l'époque, on considérait que cela faisait partie de la parade de séduction.

Alors il avait négocié avec Arik de ne travailler exclusivement qu'avec Reba. Il ne voulait parler qu'avec elle, il avait besoin de comprendre pourquoi elle était si présente dans ses rêves dernièrement. Il avait essayé d'être plus moderne en envoyant des fleurs et des cadeaux. Mais elle n'avait pas répondu. Malgré ses efforts, elle l'ignorait.

*Elle m'ignore, moi.* Cette humiliation lui faisait toujours mal.

Et il ne pouvait pas l'enchaîner pour sa témérité, ni lui confisquer son bol de crème – *je préférerais lui donner ma crème* – alors il négocia avec le roi lion et se servit de la loyauté de Reba envers son clan pour la faire venir. Il avait cru qu'il était prêt à avoir affaire à elle. Il avait l'habitude de répondre de manière suave et calme. Enfin, avec tout le monde, sauf avec elle apparemment. Il avait peut-être réussi à ne dévoiler aucun secret, mais en attendant, il avait un rencard avec Reba. Reba aux courbes sexy. Reba aux cheveux rebelles qui avaient envie d'être empoignés. Reba avec son sourire narquois et sa bouche scandaleuse, faite pour sucer.

Érection instantanée.

Merde. Même si cette femme était partie, son essence perdurait, une distraction qu'il ne pouvait pas se permettre. Pas avec les événements qui se succédaient.

La porte s'ouvrit et son second, Jean François, entra.

— Je vois que le chat de gouttière est parti. Qu'est-ce qu'elle voulait ? Elle a été envoyée pour espionner ?

— Elle n'est qu'un chat errant inoffensif. Rien d'inquiétant. Tu veux prendre un verre avec moi ?

Il inclina son verre vide avant de se lever et d'aller le remplir.

— Et si au lieu d'un verre je te tirais dans la tête ? Mais à quoi tu pensais en rencontrant l'un des félins du clan ? Je croyais que le plan c'était de les éviter après l'incident de la bouche du métro.

— Même moi je ne peux pas refuser un ordre du Haut Conseil.

Ceux qui le faisaient ne vivaient jamais assez longtemps pour pouvoir le regretter.

— Ils t'ont dit de collaborer avec les félins, pas d'inviter celle que tu convoites à te retrouver en privé. Qu'est-ce qui te fait croire qu'elle ne va pas retourner vers son roi et prétendre que tu lui as fait des avances insistantes ?

— Elle veut que je la séduise. Elle ne veut juste pas l'admettre.

— Tu joues avec le feu.

— Non, je joue avec elle parce qu'elle me plaît. Ça fait longtemps que je n'ai pas été avec une femme.

Très longtemps. Aucune ne l'avait jamais intéressé au-delà du soulagement physique. Aucune ne l'avait inspiré à poser des ultimatums.

— Si tu es en manque, engage une escorte, suggéra son second, toujours aussi pragmatique.

Mais une escorte ne serait pas Reba, une femme qui avait neutralisé son videur le plus costaud avec facilité. Une femme qui ne disait pas ce qu'il fallait. Elle était tout à fait fascinante. Et dangereuse. Tellement dangereuse pour sa santé.

*Elle me tuerait probablement si elle savait ce que j'étais.*

L'enjeu mortel ne fit qu'ajouter plus de saveur à cette attirance qu'il éprouvait pour elle.

Des doigts épais claquèrent devant lui.

— Écoute-moi. C'est quoi ton problème putain ? On n'a pas assez de temps pour que tu te laisses distraire par une nana.

Pas le temps et pourtant, il ne pouvait pas s'en empêcher. Il la força à quitter ses pensées.

— Elle est intéressante.

Rien de plus. Il ne pouvait pas la laisser s'approcher, pas avec ses affaires non résolues.

— Son alpha l'a envoyée chercher des informations.

— Et alors, elle en a obtenues ?

Gaston leva les yeux au ciel.

— Qu'est-ce que tu crois ?

— Je crois que ça te démangeait de la revoir depuis que tu l'as rencontrée. Et ce soir, tu l'as prouvé en reniflant sous sa jupe, dès l'instant où elle est arrivée.

Ce n'était pas entièrement de sa faute. Sa jupe couvrait à peine sa silhouette voluptueuse et cela n'aidait pas qu'il sache désormais qu'elle ne jugeait pas utile de porter des sous-vêtements. Comme cela aurait été simple de glisser une main sous sa jupe et de caresser ses plis de velours.

— Putain, arrête avec ça maintenant, aboya JF. On doit discuter de choses importantes et je ne peux pas le faire tant que tu es dans la lune.

— Je ne suis pas dans la lune.

Même s'il se masturberait probablement ce soir pour la première fois depuis longtemps.

— Peu importe. Enfin, bref, je suis venu te voir parce que nous avons retrouvé un autre de ces bidons vers la bouche d'aération du toit. On l'a désamorcé avant qu'il n'atteigne le système de ventilation.

Encore une autre tentative de répandre le Surrexerunt Ludere, un nom fantaisiste pour désigner la poussière provocatrice d'orgie que quelqu'un essayait de déverser sur ses clients. C'était plus agaçant que menaçant. C'était un message indiquant que son ennemi l'avait remarqué. Il était temps. C'était la huitième ville dans laquelle il avait choisi de s'installer depuis qu'il était arrivé de l'étranger.

— Comment se fait-il que les bidons soient disposés sans qu'on ne le remarque ?

Personne n'avait jamais vu quelqu'un les transporter et les positionner. Les images de vidéosurveillance des caméras placées au niveau des bouches d'aération devenaient toujours floues avant leur apparition.

— Je ne sais pas comment, mais qui que soit celui qui fait ça, il trafique le signal des caméras.

— On dirait bien l'œuvre de notre ennemi.

JF haussa les épaules.

— Possible, ou peut-être que l'un des enfoirés qui faisait partie de la mutinerie a laissé des instructions et des trucs avant de mourir et quelqu'un termine juste le travail.

— Dommage que je ne puisse pas les tuer à nouveau, murmura-t-il.

Gaston ne faisait preuve d'aucune clémence envers ceux qui le trahissaient.

— Ils étaient faibles et ont laissé leur nature primitive prendre le dessus sur leur bon sens.

L'un des défauts des whampyrs.

— Ils ont peut-être été influencés, mais maintenant qu'ils sont partis, nous sommes à court de soldats.

Sans aucun moyen d'en fabriquer facilement des nouveaux. Chaque whampyr nécessitait certaines circonstances pour pouvoir être créé. Oui, créé et Gaston maudissait encore le fait d'en avoir perdu tant durant une rébellion qui n'aurait jamais dû avoir lieu. Normalement, les soldats étaient fidèles à leur maître.

*Mais quelque chose avait mal tourné.* Quelque chose avait corrompu leur désir inné de servir. Il n'avait pas encore trouvé quoi, même s'il avait des soupçons. Tant qu'il n'aurait pas comblé cette faille concernant leur loyauté, cela pourrait se reproduire. Il espérait que non. Il aimait bien JF et il détesterait devoir le tuer. Mais il le ferait quand même. Gaston n'était pas du genre sentimental quand il s'agissait de son propre bien-être.

— Maintenant que tu as fini de me réprimander, est-ce que tu as autre chose à dire ? demanda Gaston.

Il encourageait JF à être honnête, mais n'aimait pas toujours ça.

— Arrête d'être obsédé par cette fille.
— Je ne peux pas.

D'autant plus qu'il avait un rencard dans moins de vingt-quatre heures.

*Je n'irai pas.* Une résolution qui ne fonctionna pas.

Et puis les heures passèrent et le lendemain, il arriva avec trois minutes d'avance au restaurant, impeccablement vêtu et se traitant idiot pour y être allé. Il le regretta dès qu'il entra.

Premièrement, l'hôtesse qui l'accueillit le reconnut. Elle écarquilla les yeux.

— Bon sang de bois, vous êtes venu. Elle ne mentait pas, alors, ricana celle-ci. Attendez que les filles vous voient.

Puis, elle sourit. Elle sourit tout le long en l'emmenant personnellement à sa table, une table pour deux au milieu de la grande salle à manger qui était principalement remplie de métamorphes et d'humains qui les connaissaient. Et, non, il n'eut pas à agir de façon primitive en reniflant l'air. Tout le monde pouvait le voir rien qu'à leur apparence. L'apparence d'un animal à peine contenu sous cette chair civilisée.

Il avait toujours trouvé cela incroyable que les humains ne remarquent jamais les animaux sauvages qui se trouvaient parmi eux. Mais en même temps, aucun humain ni métamorphe n'avait compris ce qu'était Gaston jusqu'à ce qu'il ne soit trop tard.

Les clients du restaurant le regardèrent, sans même chercher à cacher leur intérêt. Il les ignora, parce qu'il n'en avait vraiment rien à foutre. Il s'assit et joua au Stickman Golf sur son téléphone jusqu'à ce que quelqu'un s'assoie en face de lui. Il jeta un coup d'œil, remarqua que ce n'était pas Reba et retourna à son jeu.

Quelqu'un se racla la gorge.

Paf ! Il rata le tir de sa balle pixélisée.

— J'ai dit, hum, hum, dit la personne en se raclant encore plus la gorge.

Pourquoi certaines personnes ne comprenaient-elles pas qu'il fallait le laisser tranquille ? Il leva les yeux.

— Je peux vous aider ? Je peux peut-être vous offrir une pastille pour vos problèmes de gorge ou bien une solution plus permanente comme vous arracher la tête par exemple ?

Une rousse, les cheveux relevés par des pinces, un trait d'eye-liner sur les yeux, le regardait. Elle ne battit pas en retraite face à sa menace.

— J'aimerais bien te voir essayer.

— Cela demanderait plus d'effort que tu n'en vaux la peine.

Il retourna à son jeu, heureux de constater que, jusqu'à présent, son intérêt pour une certaine féline était vraiment spécifique à Reba. Cette femme et les autres personnes présentes ne faisaient rien qui puisse l'intriguer ou titiller certaines parties de son corps.

— Alors j'imagine que t'es ce fameux type.
— Quel type ?
— Le type qui détient le club.
— Oui.

Il recommença à jouer en plaçant sa balle pour la faire plonger ensuite.

— On s'est déjà rencontrés. À la soirée des monstres quand Luna était retenue prisonnière et aussi dans les égouts.
— Peut-être. Mais je ne m'en souviens pas.

Cependant, il la connaissait grâce à ses dossiers – Stacey, coordinatrice d'événements pour le clan – mariages, anniversaires, anniversaires de mariage, guérillas. Elle s'assurait que les événements se déroulent sans accroc.

— Pourquoi es-tu ici ? demanda-t-elle, plus agaçante qu'une mouche.
— C'est un restaurant, n'est-ce pas ?

Elle acquiesça.

— Alors il est plutôt logique que je sois ici pour prendre un repas.

Les odeurs qui se dégageaient des autres tables et de la cuisine semblaient indiquer un certain niveau de qualité.

— Tu manges ici tout seul ? chercha-t-elle à savoir.

Il mordit à l'hameçon.

— J'attends une amie.
— Tu veux dire un rencard ? Ici ?

Elle cligna des yeux et tourna la tête. Elle ne dit pas un mot et pourtant une autre femme s'approcha et traîna bruyamment une chaise jusqu'à leur table.

— Il attend son rencard, dit-elle à la nouvelle arrivante.

— Ici ?

Elles le fixèrent toutes les deux du regard.

Comme cela l'ennuyait, il continua de jouer au golf.

— Il mange ? Il ne devrait pas plutôt boire ? demanda la blonde aux cheveux courts. Joan, la professeure d'athlétisme du clan. D'après les rumeurs, elle tenait un camp d'entraînement très rude.

— Je parie qu'il aime cette viande tarte, là.

— Je pense que tu veux dire steak tartare, ne put-il s'empêcher de corriger et il fit l'erreur de lever les yeux, pour réaliser qu'elles l'observaient, trois félines maintenant, étant donné qu'une autre femme les avait rejoints, s'étalant sur les genoux de la première.

Le fait qu'elles le scrutent ne l'empêcha pas de retourner à son jeu, mais il manqua son tir.

— Du coup, t'es un vampire ? demanda l'une d'entre elles avec culot.

Leur obsession persistait. Il soupira et s'adressa aux félines devant lui qui ne cessaient de se multiplier, elles étaient quatre désormais.

— Non, je ne suis pas un vampire et la demoiselle qui est en train d'ouvrir les rideaux pour laisser entrer la lumière du jour ne fait que déranger ceux qui ont le soleil dans les yeux. J'ai une maison sur la plage à Punta Cana où je passe mon temps à bronzer. Je nage également dans l'océan la journée. Cette réponse est-elle suffisante ?

La cinquième fille qui rejoignit l'attroupement autour de lui demanda :

— Est-ce que tu nages avec un maillot ou à poil ?

— Vous le verrez quand j'enverrai nos photos de vacances sur Snapchat.

Quand Reba arriva, les regards se déplacèrent de lui à elle – qui était incroyable dans sa robe chemise bleu clair. Les boutons sur le devant ne demandaient qu'à être arrachés, le seul souci, c'est qu'ils avaient un public.

— Tu es son rencard ? demanda la rousse. Je croyais que tu n'étais pas intéressée.

— Je ne le suis pas.

— Je peux l'avoir alors ? Il est intéressant.

Des yeux verts le déshabillèrent du regard.

— Non, tu ne peux pas l'avoir. Pour le moment c'est le mien, dit Reba en secouant la tête.

Son mouvement royal mit en avant les anneaux suspendus à ses lobes.

— C'est lui qui m'a demandé de sortir avec lui, alors allez être jalouses ailleurs. Allez-vous-en.

Reba fit un geste de la main et tout à coup, Gaston se retrouva à nouveau seul, sans invitées indésirables, l'air déconcerté étant donné qu'elle venait de dire qu'il était *à elle*.

— Tu es en retard, observa-t-il.

C'était un homme qui aimait la ponctualité.

— Ben je suis là, c'est ce qui compte non ?

— C'est toi qui as fixé l'heure et le lieu.

— Je sais. Et tu es venu, dit-elle en lui souriant, le même sourire acéré qu'un prédateur en approche. Et tu es très beau, mon chéri.

Comment pouvait-elle le savoir puisque ses vêtements étaient cachés par la table ? Puis, il réalisa qu'il était toujours assis. Comme c'était grossier pour un homme avec des valeurs à l'ancienne. Il se leva d'un bond, et avec ses bonnes manières, il tira la chaise en face de lui et la tint écartée pour Reba.

— Veux-tu te joindre à moi ?

Elle parut réellement surprise et était-ce lui ou bien avait-il entendu un « Oooh » prononcé par plusieurs voix différentes ? Il entendit aussi une claque et quelqu'un qui sifflait :

— Pourquoi tu ne fais jamais ça pour moi ?

Reba s'assit et il reprit sa place. Il attendit jusqu'à ce que le serveur arrive pour remplir le verre de Reba avec du vin avant de lever le sien et de trinquer avec elle.

— Célébrons le fait que nous apprenions à nous connaître.

— Avec des vêtements. Et – elle lui fit un clin d'œil – sans.

Leur conversation ne passa pas inaperçue, car quelqu'un cria :

— N'oublie pas de vérifier s'il a une queue quand tu le déshabilleras.

Il ne recracha pas son vin, mais presque.

— Une queue ?

Elle fit un signe de la main avec négligence.

— Certains des paris qui circulent prétendent que tu es le diable. Mais j'ai vu ton cul. Il est bien trop beau pour cacher une queue.

— Merci, enfin je crois.

— Remercie-moi plus tard quand je l'aurai agrippé pour en être sûre.

Il eut besoin de prendre une grande gorgée après ça. Sa compagne de dîner semblait déterminée à le déstabiliser.

— Je ne pensais pas que tu viendrais, et prendrai le chemin du restaurant, dit-il après avoir bu le bon millésime.

Les recherches qu'il avait effectuées lui avaient appris que les lionnes, notamment celles qui avaient grandi au sein d'un clan fort, avaient tendance à jouer. Notamment à des jeux de pouvoir. Comme la nuit dernière quand elle était arrivée sans prévenir, essayant de le prendre par surprise.

Et cela avait marché.

Et maintenant, regardez, il lui obéissait au doigt et à l'œil. C'était plutôt humiliant pour un homme comme lui d'être si chamboulé par une femme.

— Que je ne prendrais pas le chemin du restaurant ? Pourtant j'adore qu'on me *prenne*, dit-elle en souriant et en se penchant en avant.

Le décolleté de sa robe s'ouvrit et dévoila ses seins, une fois de plus non contraints par un soutien-gorge.

Ces choses horribles qui retenaient les seins prisonniers. *Les seules choses qui devraient tenir ses seins, ce sont mes mains. Et peut-être ma bouche.* Il éprouvait le désir, particulièrement intense, de vouloir glisser sa bite entre eux.

L'idée même aurait presque suffi à le faire baver – s'il avait été un animal. Gaston prit une autre gorgée de son vin. À ce rythme, il allait avoir besoin de plusieurs bouteilles.

— Est-ce que c'est ta façon un peu timide de me

demander de te donner du plaisir ? C'est un peu à la vue de tous, mais c'est ton choix.

— Si je te le demande, tu le sauras. Mais je ne le ferai pas. Je ne suis pas une salope qui se jette sur un homme.

— Dommage.

Ça l'était vraiment, étant donné qu'il l'aurait vraiment respectée après et aurait même payé pour le trajet du retour en taxi.

— Oui, c'est dommage. Je dois avouer que je suis déçue. Je pensais que tu étais un homme d'action. Un gars qui prend les choses en main.

— En te suggérant de me demander de te donner du plaisir, c'est moi qui prends les choses en main, dit-il en la fixant avec intensité. Et tu me le demanderas.

Car il était hors de question qu'il la supplie.

— C'est peu probable. Et juste pour être claire, je m'en suis déjà chargée avant de venir ici.

Cette révélation lui fit instantanément imaginer Reba, les mains entre les cuisses, occupée à se caresser, les lèvres écartées, la peau rougie... Il ne put retenir une érection instantanée. Et elle le savait, cette petite diablotine. Les lèvres de Reba s'étirèrent.

— Peut-être que la prochaine fois je t'enverrai un Snapchat de moi en train de le faire.

Il faillit crier « Oui ! ». Puis, il retrouva ses couilles.

— Si j'avais envie de regarder du porno, j'irais sur Internet. Je suis un homme qui préfère les rencontres en chair et en os. Et ici, il y a le choix.

Il regarda volontairement la rousse et quand celle-ci lui rendit son sourire, il lui fit un clin d'œil. Le vin qui éclaboussa soudain son visage le prit par surprise.

— Oups. Ma main a glissé. Laisse-moi m'en occuper.

Reba claqua des doigts et le serveur, essayant de ne pas sourire, s'approcha avec une serviette.

Il se leva.

— Ne vous dérangez pas. J'ai ce qu'il faut.

À son tour, Gaston claqua des doigts et le liquide quitta sa peau et retourna directement dans le verre qu'il avait quitté. Alors que Reba restait bouche bée, Gaston se pencha et lui chuchota :

— Tu deviens jalouse. Appelle-moi quand tu seras prête à me supplier.

Puis, il se redressa et secoua son téléphone devant elle.

— Excuse-moi, mais le travail m'appelle. Mange ce que tu veux. J'ai payé en avance pour le dîner et celui de mes nouvelles copines.

Avec un clin d'œil, il exécuta son deuxième tour de magie de la soirée. D'un seul coup, alors qu'il se tenait là, à la vue de tous, il disparut, un simple jeu de lumière qu'il maîtrisait depuis longtemps. Mais Reba ne fut pas dupe.

— Bien essayé, mon chéri. Je sais que tu es là. Je sens toujours l'odeur du chocolat.

Il sentait le chocolat ? Comme c'était étrange. Il y réfléchirait plus tard. Il déposa un léger baiser dans le cou de Reba et la sentit frissonner.

Il avait envie de faire plus, mais il se retint et à la place, il chuchota :

— À la prochaine, *chaton*.

Avant qu'il ne change d'avis, il s'en alla, sous les couinements des filles :

— Comment a-t-il fait ça ?

La vraie question, c'était de savoir comme elle avait

fait ? Comment avait-elle réussi à lui faire tourner la tête au point qu'il ait envie de se mettre à genoux et de la supplier ? Il était parti avant de devoir déclarer forfait et de devoir la séduire.

Bizarrement, cette douleur lancinante entre ses jambes ne lui donnait pas l'impression d'avoir gagné.

## CHAPITRE QUATRE

Avec un tour de magie digne d'un magicien de Las Vegas, Charlemagne quitta Reba dont l'entrejambe était mouillé et ses copines toutes excitées.

Stacey arriva à sa table en premier en disant :
— Bordel, meuf, c'était quoi ce délire ?

Probablement le truc le plus sexy de tous les temps.
— Pitié, dis-moi que le corps sous ce costume est aussi sexy que lui ! s'exclama Joan, la passionnée de fitness.

Et pourquoi pas encore plus ?
— J'ai l'impression qu'il y en a une qui a perdu sa langue, chantonna Melly.

Le groupe autour d'elle ne cessa de grandir alors que les filles essayaient toutes de comprendre ce qu'il venait de se passer durant son court rencard avec Charlemagne. Court et pourtant, elle n'en avait jamais vécu d'aussi intense. Le type était parti en lui donnant envie de plus et malgré ce qu'elle affirmait, Reba savait que son ami à piles ne ferait pas l'affaire ce soir. Gaston l'avait laissée pleine de désir. Mouillée. Courbaturée.

Une partie d'elle avait envie de le pourchasser, de bondir sur ses fesses et de faire quelque chose pour ce feu qu'il avait allumé.

*Il pourrait commencer par éteindre ce brasier avec sa langue.* Mais elle perdrait alors la partie d'un jeu qui venait à peine de commencer. Il fallait qu'elle ralentisse si elle voulait gagner. Elle avait aussi besoin de trouver un moyen de refroidir ses ardeurs. Une baignade dans la rivière risquait d'abimer sa coiffure, mais un petit tour sur une scène de crime pourrait faire l'affaire.

— Il faut qu'on aille visiter un cimetière.

L'arrivée de Luna et son annonce parvint à atténuer l'excitation autour du propriétaire du club de La Forêt Tropicale et de son apparition brève.

— Pourquoi est-ce qu'on va aller visiter un cimetière ce soir ? demanda Reba.

Et plus important encore, avait-elle la tenue adéquate ?

— On y va parce qu'on a reçu un appel, il y a un problème.

Leur geek local, Melly – qui regardait religieusement chaque épisode de The Walking Dead – se leva et tapa des mains avec excitation.

— OHMONDIEUCESTLAPOCALYPSEDESZOMBIES ! Je suis prête pour toi, Daryl[1].

Elle sortit en courant du restaurant en criant d'excitation, probablement prête à revêtir sa tenue de combat contre les zombies.

Les autres lionnes haussèrent simplement les épaules et serrèrent les rangs.

— Qu'est-ce qu'il se passe au cimetière ?

— Quelqu'un a joué au voleur. Certaines tombes ont

été pillées. Trois d'entre elles maintenant, plus deux autres corps disparus qui devaient être incinérés.

— Des corps ont disparu ? dit Stacey avec un rictus alors qu'elle regardait le visage de ses copines.

— Vous savez ce que ça veut dire.

— Ça ressemble à une mission pour les...

— Pires Connasses !

Elles crièrent et remuèrent les mains au-dessus de la table et beaucoup de coups et secousses eurent lieu, la plupart volontairement douloureuses. Bienvenue au club des lionnes dont les liens étaient étroits, voire violents et où s'entasser dans une voiture pour aller visiter le cimetière à la nuit tombée était normal. Elles gardaient même des torches, des cordes et des calottes noires dans le coffre. Alors quand elles se faisaient arrêter par la police pour fouiller le véhicule, cela devenait intéressant.

Étant préparées, quelques filles entrèrent dans le cimetière en portant des pelles sur leurs épaules. On ne savait jamais, si une connasse avait besoin de défoncer le crâne de certains zombies ou d'enterrer quelques corps, cela pouvait s'avérer utile. Les meilleures amies ne posaient jamais de questions : elles creusaient juste le trou.

Personnellement, après avoir réalisé plusieurs tests – sur des melons, car les courges ne ressemblaient pas assez à un crâne – Reba avait découvert qu'une batte de baseball était ce qu'il y avait de plus efficace pour combattre les morts-vivants. Faite en aluminium léger, la poignée était recouverte de ruban adhésif rose et était d'une longueur éblouissante – car une fille n'avait jamais assez de paillettes – elle adorait la façon dont ce truc ne lui faisait jamais défaut, elle sauvait ses faux ongles coûteux et la batte était assortie à presque toutes ses tenues, comme celle qu'elle portait actuellement avec un jogging, un tee-shirt et un sweat à capuche. Elle avait enlevé sa robe de soirée l'absence de sous-vêtements n'étant pas vraiment propice aux balades dans un cimetière. Heureusement, elle avait aussi enlevé les talons aiguilles qu'elle avait portés au dîner. Les baskets de Reba ne s'enfonçaient pas dans le sol mou et même si elles se salissaient, elle ne pleurerait pas car celles-ci ne lui avaient pas coûté un mois de loyer.

Gardant le rythme avec Luna, Reba interrogea sa meilleure amie pour avoir plus d'informations sur la situation. Durant leur trajet en voiture, elles avaient mis la radio à fond pour chanter en karaoké, il avait donc été difficile d'obtenir des détails.

— Alors, quelle est la théorie des flics concernant ces corps disparus ?

— Ils ne le savent pas encore, et nous allons garder le silence pour le moment, expliqua Luna.

— Ça doit être difficile de cacher le fait que des corps ont disparu.

La famille des défunts avait tendance à s'énerver pour ce genre de choses. Non, elle n'expliquerait pas comment elle était au courant de ce détail. Elle avait signé un accord pour garder le silence.

— À vrai dire, personne n'a besoin de le savoir, parce que ceux qui ont volé les corps ont laissé les cercueils derrière et ils ont été enterrés vides.

Reba arrêta de marcher, tout comme Luna, laissant les autres prendre de l'avance.

— Mais alors comment ont-ils su qu'ils avaient disparu ?

— Par chance. Apparemment, un gars dont la petite amie est morte suite à un accident étrange a décidé d'aller la voir une dernière fois et est entré par effraction dans le funérarium la veille de l'enterrement. Il a ensuite perdu la boule parce que son cercueil était vide et il a cru qu'elle était un zombie qui allait venir lui manger le cerveau.

— Et alors, c'est le cas ?

Luna haussa les épaules.

— Je ne sais pas. On ne l'a pas encore trouvée et lui, il a reçu un sédatif et a été mis sous surveillance pendant soixante-dix heures.

— Donc, il manque un corps. Et les autres ?

— Le directeur des pompes funèbres s'est montré suspicieux et est allé vérifier. Il s'avère qu'un autre corps prévu pour la crémation d'hier a également disparu de son cercueil. Donc... on est allés creuser.

— C'est qui « on » ?

—Bernie et moi.

— Et qui est Bernie ?

— Le type qui travaille ici. Enfin bref, Bernie m'a appelée étant donné que je suis le contact principal quand il se passe des trucs bizarres en ville...

— Depuis quand ?

— Depuis toujours, comme tu es celle qu'on appelle quand on a besoin de réponses.

— Et pourquoi moi je n'ai pas d'intitulé cool comme « le contact ».

— Tu es la chef des réponses.

—Je préfère « contact ».

Luna lui jeta un regard noir.

Reba sourit.

— Je crois que je commence à comprendre le point de vue de Jeoff. Nous sommes difficiles à gérer.

— Voire carrément impossibles.

Un sourire étira les lèvres de Luna.

— Pas étonnant qu'on soit géniales.

Effectivement. Tellement géniales qu'elles étaient dans un cimetière à rôder avant que les flics n'aient vent de l'histoire, ce que le funérarium ne voulait pas. La disparition de corps n'était pas bonne pour les affaires ni une bonne nouvelle pour personne.

— Qu'est-ce qu'on cherche alors ? demanda Luna alors que plusieurs lionnes prenaient des chemins différents, allant dans des directions opposées pour couvrir plus de terrain.

— Quelque chose. N'importe quoi. Nous allons laisser les autres filles faire le tour de la zone et vérifier les cercueils des récents enterrements. Toi et moi on va aller au funérarium et voir si l'on peut découvrir qui a volé les corps.

Sauf que, quelques heures plus tard, au lever du jour, toutes sales – car il y avait des moutons de poussières, même dans les morgues – transpirantes – parce qu'il faisait chaud dans cette foutue salle d'incinération – et les mains vides – parce que Luna n'avait pas voulu la laisser prendre celle amputée qu'elle avait trouvée dans le frigo – elles durent reconnaître leur défaite. Même après avoir fouillé chaque centimètre du lieu, elles ne trouvèrent aucune preuve. Pas même une odeur. Aucun indice n'avait été laissé. C'était trop propre.

Pour Reba, ça ne pouvait signifier qu'une seule chose. Elle ne connaissait qu'un seul groupe d'êtres vivants qui ne laissaient pas d'odeur. Heureusement pour elle, leur patron ne vivait pas loin et il lui devait toujours un dîner.

*Eh bien il dînera à la maison.*

Miaou.

---

1. Personnage de la série The Walking Dead

# CHAPITRE CINQ

Après avoir quitté Reba, Gaston alla directement à son rendez-vous. Il n'avait pas menti en disant que le travail l'appelait. Le SMS était arrivé juste à temps avant qu'il ne fasse quelque chose de stupide, comme séduire Reba puisqu'elle le lui demandait.

*Comme si une simple femme allait me donner des ordres.* L'audace de Reba le rendait encore plus ferme – avec une pointe d'adrénaline. Une partie de lui comprenait qu'ils jouaient tous les deux un jeu de dominance, et seul l'un d'entre eux pouvait gagner. *L'un d'entre nous devra céder.* Est-ce que ce serait si grave ? Finalement, qu'il perde ou qu'il gagne cela n'avait pas d'importance puisque cela se conclurait par du plaisir.

*Un plaisir torride, sexy et nu...*

Cela suffit presque à faire voler sa patience en éclat, mais il pouvait compter sur sa maturité. Pas la peine de précipiter la danse. S'il se retenait un peu, il verrait la fin de la course. L'anticipation rendrait la victoire d'autant plus délicieuse.

S'éloigner de Reba était sa forme personnelle de préliminaires. Il avait apprécié sentir qu'elle avait été choquée quand il avait disparu et sa façon de tressaillir quand il l'avait touchée. Malgré sa tenue de camouflage, il aurait pu jurer qu'il l'avait sentie le regarder partir. Étant un homme, il ne s'était pas retourné pour le vérifier.

Mais une chose l'avait surpris. Il s'était attendu à ce qu'elle le suive. Reba n'était pas du genre à accepter qu'un homme s'éloigne d'elle.

Sauf si elle s'en fichait.

Il n'allait quand même pas être déçu qu'elle ne l'ait pas suivi, non ?

C'était une bonne chose qu'elle soit restée en retrait. Gaston n'avait pas envie qu'elle le suive ou mette le nez dans ses affaires. Pas quand les dernières nouvelles de JF indiquaient que celles-ci risquaient de devenir mortelles. Les petits jeux auxquels ils avaient joué jusqu'à présent touchaient à leur fin, du moins, c'était ce qu'il avait compris d'après le message court et pourtant assez sérieux qu'il avait reçu.

*D'après la rumeur, les morts marchent dans cette ville.* Cela ne pouvait faire allusion qu'à une seule chose. L'ennemi était là, l'avait remarqué et commençait désormais à s'en prendre à lui.

Gaston se faufila dans sa voiture à quelques pâtés de maisons du restaurant et entra dans son club moins de vingt minutes plus tard. Il retrouva JF dans les bureaux à l'étage.

— Où étais-tu ? demanda son second.

— Je dînais.

— Avec qui ? insista JF en croisant les bras sur la poitrine. Et garde en tête que tu pues la chatte.

Et JF sentait le bœuf à la mongole. Cela donna faim à Gaston après que ce dernier eut manqué le dîner.

— Je croyais que la chatte c'était une bonne chose ? dit-il avec un regard lubrique.

— Pas quand ça apporte des ennuis.

— Elles apportent toujours des ennuis.

Mais parfois, il était prêt à les accueillir. *Je pimenterais bien ma vie, moi.*

— Si tu veux vraiment savoir, continua Gaston, j'avais un rencard.

— Avec elle ?

— Je ne crois pas que ce soit tes affaires.

— Tout ce qui t'affecte me regarde. Notamment quand tu joues avec la faune sauvage locale. Qu'est-ce qu'on avait dit sur les animaux domestiques, putain ?

— On a peut-être parlé un peu trop vite.

Il y a très longtemps, ceux qui pouvaient échanger leur peau contre de la fourrure étaient rares et souvent gardés en captivité. Cela avait donné naissance à des métamorphes très sauvages, des hommes et des femmes qui ne valaient guère mieux que des animaux.

Puis, ce fameux Moreau s'était mis à jouer au Dieu et de toutes nouvelles espèces avaient vu le jour. Des créations plus intelligentes qui, un jour, s'étaient échappées. Au début, elles étaient peu nombreuses et passaient leur temps à se cacher de tout le monde. Elles avaient fini par s'épanouir, et leur nombre s'était multiplié. Elles avaient formé des meutes et des clans se regroupant pour être plus forts. Elles se croyaient toutes à égalité.

Quel concept ! Mais après avoir passé plus de temps avec les métamorphes, il devait reconnaître à contrecœur qu'ils étaient plus intelligents et appréciables que ce à quoi il s'attendait.

*Tellement appréciables que j'ai envie de revoir une certaine féline.*

— Fais attention. Tu ne peux pas leur faire confiance. Tu ne peux faire confiance à aucune femme.

Son second avait du mal avec la trahison, alors au lieu de s'épancher sur les vertus du corps féminin, Gaston orienta leur conversation vers la véritable raison de leur réunion.

— Ton message indiquait que les morts marchent dans la ville. Qu'as-tu entendu ?

Il se servit un verre alors que JF s'asseyait sur son bureau et inclinait l'écran d'ordinateur pour que Gaston puisse voir.

JF pointa son doigt épais vers les petites fenêtres visibles sur l'écran.

— Certains rapports sont incomplets. Nous n'avons pas encore totalement infiltré les services de la ville, nous n'avons pas assez d'hommes pour ça, mais quelques indics ont balancé. Les vols dans les pompes funèbres ont commencé.

— Ne me dis pas que pour une fois, nous avons trouvé le bon endroit dès le départ ?

Auparavant, localiser l'ennemi avant qu'ils ne se mettent à creuser était une tâche ardue. Tous les hackers et ordinateurs du monde ne valaient rien s'il n'y avait pas de traces à trouver.

*L'ennemi savait comment se cacher.*

*Mais je te trouverai. Je le fais toujours et ensuite je t'écraserai à nouveau.*

— Je ne sais pas si l'on peut dire que nous sommes en avance. Dix ans c'est long. Il y aurait plus de progrès si cette ville était leur base, c'est pourquoi j'ai commencé à chercher dans une banlieue voisine.

Une ville qu'ils avaient choisie au hasard quand la dernière s'était avérée être un fiasco. Quand il était devenu évident qu'il était temps de passer à autre chose, il avait pointé son doigt sur la carte et ils avaient de nouveau déménagé. Combien d'endroits depuis ? Sa vie en Europe lui paraissait si lointaine et presque étrangère maintenant. Il n'y était pas retourné depuis plus d'un an. Son séjour aux États-Unis l'avait changé. Le rythme rapide et la nature vivante de la population l'attiraient. Mais il avait de plus en plus l'impression de chercher quelque chose, quelque chose qui n'avait rien à voir avec la vengeance.

Était-ce ça qui l'attirait chez Reba, sa clarté d'esprit ? Le fait qu'elle soit en vie ?

Ses doigts tapotèrent l'accoudoir de son fauteuil.

— Comme tu mentionnes la banlieue, j'imagine que tu as trouvé quelque chose.

— Quelques éléments intéressants, oui. On y mentionne également la disparition de certains corps dans les morgues. Quelques tombes pillées. La police n'a pas encore fait le lien entre tous les événements.

— Je suis certain qu'on les a encouragés à regarder ailleurs.

Les tactiques de l'ennemi ne changeaient jamais.

— Y a-t-il des théories sur l'emplacement d'un bastion ?

— Pas encore. Jusqu'à présent, les incidents n'ont pas montré de modèle spécifique. On va continuer de creuser.

— Creusez vite.

Car maintenant que l'ennemi avait remarqué la présence de Gaston, ça allait vraiment chauffer. *Et moi qui n'ai plus aucune armée réelle.* Le fait d'avoir perdu son armée de whampyrs était un coup dur, tout comme le fait d'avoir perdu ses gobelins domestiques. Mais quand l'heure de vérité sonnait, Gaston était lui-même son arme la plus puissante.

Et c'était pour cela qu'il dormait si bien la nuit.

---

LE CIEL bleu s'assombrissait alors que la fumée étouffait la terre de son voile brumeux. Un nuage noir qui ondulait n'annonçait jamais de bonnes nouvelles. Il voyait en lui un sinistre présage de malheur. Peu importe la vitesse à laquelle il courut, à quel point il avait envie d'être là, quand il arriva, il ne trouva qu'une ruine fumante. Tout avait disparu. Tout ce qu'il avait aimé. Tout ce qu'il possédait. Les derniers souvenirs de sa famille. Entièrement brûlés. Comme si cela ne suffisait pas d'avoir été trahi, désormais il n'avait plus de toit ni ses trésors. La rage d'avoir tout perdu le fit tomber à genoux dans les cendres, la fine couche s'éleva pour le recouvrir des décombres de sa vie. Les charbons enfouis dans les cendres chauffèrent sa peau, consumant ses vêtements. Qu'importait qu'il brûle avec eux ? Comment pourrait-il survivre seul ?

La solitude intérieure menaçait de le déchiqueter en mille morceaux.

*J'ai survécu. Je suis allé de l'avant après cette épreuve.* Il était allé de l'avant, car il s'était donné un nouvel objectif. Une raison de se lever chaque matin.

La vengeance.

La vengeance voulait dire qu'il n'abandonnait pas. La vengeance apaisait cette douleur qu'il ressentait après avoir tout perdu. Notamment sa sœur. Cependant, parfois, ses rêves hantés le forçaient à se remémorer le passé. *Ce n'est qu'un cauchemar et je ne peux pas contrôler ce qui se passe.*

Cette réalisation lui permettait d'aller au-delà des ruines fumantes, flottant comme un fantôme loin des cendres tourbillonnantes pour se retrouver projeté dans une réalité différente. Une réalité plus récente et familière.

Il se tenait devant l'entrée de son club, un lieu tape-à-l'œil le jour, une salle de danse extravagante où le son et les corps pulsaient la nuit. Il ne se lassait jamais d'absorber l'énergie lumineuse qu'était la vie. Habitué à la mort, il appréciait la vitalité des gens qui se réunissaient et s'autorisaient à se détendre et flotter librement.

Cette énergie vitale était absente de ses rêves, alors que le sol était vide et sans clients. Le silence régnait, la musique qui pulsait habituellement était absente. Les ombres recouvraient les lieux, les recoins cachés étant révélés par les éclats sporadiques des lumières stroboscopiques toujours en mouvement. Les différents faisceaux aux teintes colorées dansaient autour, à chaque mouvement, il retenait son souffle, attendant que quelque chose apparaisse. *Aurait-il des griffes ? Deux têtes ? Baverait-il en grognant ?* Il avait tout vu. Rien de tout cela ne le touchait. Il n'avait jamais peur.

Alors pourquoi ses muscles se tendaient-ils ? Il savait que tout cela n'était pas réel et pourtant, le calme s'installa en lui, anticipant. *Parce que j'attends quelqu'un.* Et il savait qui. Il avait déjà fait ce rêve auparavant. Il savait qui viendrait lui rendre visite.

— Mon chéri.

Le mot, prononcé d'une voix si rauque, fut chuchoté tout autour et entre deux clignements, Gaston remarqua Reba au milieu de la piste de danse. Elle avait l'air séduisante d'ailleurs, vêtue d'une robe qui moulait sa poitrine, exposant son décolleté – le genre de décolleté dans lequel un homme aimerait bien enfouir son visage. Sa jupe se déployait, touchant presque le haut de ses genoux. Il eut envie de remonter le tissu vers le haut, chatouillant ses cuisses jusqu'à ce qu'il trouve son trésor.

— Qu'est-ce que tu fais ici ? demanda-t-il.

Même s'il savait que c'était un rêve, cela ne l'empêcha pas de jouer avec les circonstances.

— Je t'attends.

— Pourquoi ?

Il se fichait de savoir que c'était son subconscient qui lui répondait. Il voulait obtenir une réponse.

— Tu es une énigme, mon chéri. Complexe et mystérieux. Tu caches des secrets.

Elle pencha la tête et sourit.

— Tellement de secrets.

—As-tu deviné certains de mes secrets ?

— Peut-être que si tu parlais plus, je saurais quelque chose de toi.

— Nous avons rarement été dans la même pièce. Ce n'est pas évident de communiquer.

Elle s'éloigna de lui en tourbillonnant, sa jupe se balançant joliment.

— Nous nous sommes vus plusieurs fois, ici, dit-elle en

tournant et en levant les bras, son visage éclairé par une lumière bleue en mouvement. Dans mes rêves.

— Dans tes rêves ? C'est toi qui hantes les miens. Et je ne pense pas que les réponses que j'ai imaginées dans cet endroit – il désigna de la main le club vide qui l'entourait– comptent.

— C'est à cause de ce genre de conversations que j'ai ensuite tellement de mal à me rappeler pourquoi je ne te connais pas quand on se retrouve. Ça paraît pourtant si réel.

Elle fit un pas avant et se retrouva soudain juste devant lui, la distance et la structure du décor dans son rêve suivaient leur propre science. Elle posa une main sur son torse.

— On ne dirait pas un rêve.

Non, effectivement. C'est pour cela que son obsession l'inquiétait. Les limites de la réalité étaient floues, mais il aimait trop cela pour s'en soucier.

Il posa sa main sur la sienne, sa peau était aussi chaude et douce que ce à quoi il s'attendait et faisant battre plus rapidement son cœur, qui était pourtant très régulier.

Et si c'était vrai ? Et s'il avait trouvé un moyen de lui parler mentalement. Plusieurs cultures affirmaient qu'il était possible de se promener dans ses rêves. *Pourquoi pas moi ?*

Comment faire pour tester cette hypothèse ?

— Je sais comment nous pourrions le savoir. Et si on utilisait un code secret ?

Elle comprit immédiatement.

— Si je le dis, alors tu sauras que les rêves sont vrais.

Était-ce mal d'avoir peur de la réponse ? Il se pencha et

lui murmura un mot, un mot qu'elle ne pourrait pas dire par accident, un mot qu'elle ne pourrait connaître que si, effectivement, ils jouaient ensemble dans une autre dimension, une dimension où ils n'étaient que tous les deux.

— Quel choix intéressant, dit-elle, un sourire étirant ses lèvres. Mais je ne suis pas encore réveillée. Que pourrions-nous faire en attendant ?

Elle lui fit du pied en baissant le menton, essayant de paraître innocente, mais cette tentative était totalement immorale.

Et elle le faisait bander.

— Je sais ce que nous pouvons faire.

— Toujours avec tes idées cochonnes, dit-elle en secouant la tête. Ça me plaît. Mais il ne faut pas que ce soit trop facile, expliqua-t-elle en pliant son doigt vers elle, lui faisant signe d'approcher. D'abord, il faut que tu m'attrapes.

Pivotant sur elle-même, le tissu de sa jupe tourbillonnant et dévoilant ses cuisses, elle se mit à courir, son rire flottant derrière elle et il ne put s'empêcher de la suivre. Cela lui semblait juste. Et aussi assez amusant.

Les lumières clignotantes ne lui facilitèrent pas la tâche alors qu'elle disparaissait et réapparaissait. Mais il avait déjà joué à ce jeu avant – et il avait perdu. *Cette fois-ci, ce serait différent.* Cette fois-ci, il l'attraperait.

Une lumière bleue s'alluma et elle se tint là, juste devant lui. Il plongea, mais la lumière se déplaça et elle disparut. Il tourna lentement en rond, observant la lumière qui rebondissait. Un faisceau rouge et voilà qu'elle était à nouveau là, lui soufflant un baiser.

Tournant encore et encore, un cercle lumineux vert

éclaira Reba qui le saluait. Il bougea rapidement, mais elle disparut encore plus rapidement.

*Pourquoi est-ce que je joue à son jeu ?* Jusqu'à présent, ça n'avait pas vraiment marché. Plus il la poursuivait, plus elle l'esquivait. Elle affirmait qu'elle voulait qu'il la prenne, pourtant, elle restait inatteignable.

*Il est temps de ne plus bouger et d'attendre qu'elle vienne à moi.*

C'est donc ce qu'il fit, restant immobile sans réagir alors que la lumière dansait et clignotait. Du coin de l'œil, il l'aperçut se déplacer, fronçant finalement les sourcils en réalisant qu'il ne réagissait pas.

Reba n'aimait pas qu'on l'ignore.

La lumière brilla juste devant lui, un faisceau blanc avec sa jolie demoiselle. Il était prêt. Il tendit les bras pour l'attraper et cette fois-ci, il ne rata pas son coup. Il l'attira plus près, la hissant sur la pointe des pieds pour que ses lèvres puissent être au niveau des siennes.

— Je t'ai eue.

— Et qu'est-ce que tu comptes faire ?

Un défi de taille. La réponse était facile. Il l'embrassa. Revendiquant fermement sa bouche pour la première fois, une bouche douce et si souple contre la sienne. Le glissement sensuel entre elles deux était une sensation électrisante. Il l'embrassa et en profita pour la goûter sentant son essence chaude et fougueuse se répandre en lui.

Et son côté plus froid s'effaça. Ils en furent tous les deux surpris.

Elle s'écarta en tressaillant, soufflant chaudement contre sa bouche.

— Tu ne croyais quand même pas que ce serait si simple ?

Le repoussant en rigolant, elle s'éloigna, ses gloussements flottant derrière elle alors qu'elle fuyait à nouveau vers l'obscurité.

Comme s'il allait la laisser s'enfuir. Pas maintenant. Pas avec son sang qui bouillonnait et son corps qui palpitait.

*Je vais t'attraper.*

Il marcha quelques pas et le paysage environnant changea. Le club et les lumières disparurent. Il se retrouva dans une forêt, des arbres aux troncs épais projetaient leurs ombres épaisses dans toutes les directions. Au même moment, il aperçut les rayons de la lune qui éclairaient certaines zones, accentuant ces coins obscurs qui les entouraient.

Quelles surprises les guettaient ? Étaient-elles dangereuses ?

Il pouvait toujours espérer.

L'un d'entre eux cachait son chaton fougueux. Il aperçut un mouvement, le sourire de Reba qui brillait alors qu'elle lui disait en le narguant :

— Viens me chercher.

Ses mots taquins résonnèrent de partout. Il pivota, effectuant un cercle complet alors que ses yeux scrutaient les alentours. La lumière s'éteignit et ce fut l'obscurité totale. Il ne vit aucune trace de Reba. Où se cachait-elle ? Le paysage sombre masquait le danger. *Alors que c'est moi la chose la plus sombre et dangereuse ici.*

Ce rappel lui fit réfléchir et le rendit encore plus déterminé à ne pas laisser cette tache sur son âme affecter Reba.

Pour une fois, peut-être que, malgré son aura ternie, il pourrait la protéger.

*Je te trouverai et te protègerai des dangers qui se cachent dans mes rêves.* Même s'il pensait encore que tout ça n'était pas réel, son désir de la retrouver ne diminuait pas pour autant. *Je la veux. Maintenant.*

Il ouvrit ses sens et laissa l'essence de son esprit s'étirer. *Qu'est-ce qu'il y a là-bas ?* Des termes étranges chuchotés par un vent glacial.

Un bruissement de feuilles à sa gauche. Ce n'était pas elle.

Une bouffée d'air à sa droite. Pas elle non plus.

Il fronça le nez en sentant soudain l'odeur de la fumée. Une fumée âcre et évidente.

*Il ne peut pas y avoir de feu.* Pas ici, pas avec Reba. Il avait déjà perdu tant de choses à cause du feu.

*Ce n'est pas réel. C'est moi qui contrôle tout ça. Oublie la forêt.* Elle n'existait pas. Il était dans un lit et Reba n'était pas avec lui. Il n'y avait pas de feu, et même si cela avait été le cas, il avait des alarmes incendie pour le détecter et des arroseurs qui se déploieraient. Il n'allait pas tout perdre à nouveau.

Le sommeil lui échappait, pourtant, d'après son horloge interne, il n'était pas du tout proche de son heure de réveil habituelle.

*J'ai peut-être entendu du bruit.*

Peu probable. Il dormait en toute sécurité dans son appartement, l'endroit le plus sécurisé où il puisse se reposer. Il savait de quoi il parlait puisque c'était lui qui avait fait installer le système de sécurité. Son appartement ne pouvait être accessible que par un ascenseur privé et seuls lui et JF disposaient de la carte ou code pour y accéder. On n'était jamais assez parano.

Si quelqu'un parvenait à franchir son premier niveau de sécurité et arrivait jusqu'à l'étage, il se retrouverait bloqué dans un vestibule avec une porte verrouillée. Le seul autre accès était les fenêtres et comme il n'y avait pas de balcon, ce n'était pas un point d'entrée idéal. *Alors pourquoi est-ce que je sens de la chaleur contre ma peau nue ?* Pas de la chaleur, réalisa-t-il, mais la lumière du soleil, ce qui était étrange, car il avait l'habitude de garder les stores fermés quand l'aube venait empiéter sur son territoire. Ce qui voulait dire que quelqu'un les avait ouverts.

Probablement JF puisqu'il semblait assez contrarié ces derniers temps. Mais il y avait plus inquiétant. Rêvait-il ou bien sentait-il la douce odeur de la mort ? Il ouvrit les yeux et hurla :

— CESTQUOICEBORDEL !

## CHAPITRE SIX

— Je pense que tu viens de perdre toute virilité avec ce hurlement de gonzesse, remarqua Reba, qui était plus que vexée.

Oui, elle était un peu sale et sentait mauvais et se trouvait dans la chambre de Gaston en plein milieu de la journée car elle avait une amie qui adorait entrer dans des endroits par effraction, et alors ? Des endroits très sécurisés. Était-ce si mal que ça pour une fille de passer dire bonjour à un ami ?

— Tu es dans ma chambre, rétorqua-t-il, plissant les yeux en lui jetant un regard noir.

— Je pensais que tu serais plus content de me voir.

Plus content au point de la retourner sur le dos en prenant brutalement sa bouche. Hum... ouais... ben ça n'eut pas lieu.

— Heureux ? Tu as calé un doigt derrière ton oreille comme une putain de fleur.

— Merci de l'avoir remarqué.

Elle l'enleva et le retourna.

— Je l'ai gardé en souvenir de ma première virée au cimetière. Ce qui, je dois reconnaître, était moins excitant que ce à quoi je m'attendais. Aucun mort-vivant en vue.

Pas même un petit mouvement. Quelle déception.

— Tu es complètement folle putain, remarqua Charlemagne.

— De quoi tu parles ? Je suis parfaitement saine d'esprit. Trois docteurs sur cinq l'affirment également.

— Et qu'en est-il des deux autres ?

— Ils avaient peur de moi.

Ils avaient aussi déménagé dans différents états. Elle ne savait pas pourquoi.

— Et c'est toi qui parles de folie alors que tu cries comme une petite fille ? Tu n'es plus aussi guindé que d'habitude.

Pas avec ses yeux grands écarquillés et ses cheveux en bataille. Le gentleman parfaitement coiffé paraissait enfin froissé, exactement comme elle aimait les hommes.

*Mon homme.* Grrr.

— Qu'est-ce que tu fais ici ? beugla-t-il, probablement pour réaffirmer sa virilité – il fallait bien faire quelque chose pour contrecarrer ce hurlement. Elle le laissa faire, même si elle n'appréciait pas beaucoup son ton.

— Je suis ici pour cocher des trucs sur ma liste.

— Quelle liste ?

Elle tendit sa tablette portable.

— Ma liste de choses que j'aimerais apprendre sur toi.

— Et en quoi est-ce que le fait de venir me réveiller après être entrée par effraction t'apprend des choses sur moi ?

— Premièrement, je voulais voir si tu dormais comme

les morts-vivants. Ce que tu ne fais pas d'ailleurs. Tu ronfles. Pas bruyamment, mais quand même, assez fort pour écarter cette théorie. Et tu ne prends pas feu au contact du soleil.

— Pourquoi prendrais-je feu au contact du soleil ?

— Ce n'est pas ce que font les vampires ? Et tu ne scintilles pas non plus. Dommage, j'aime bien les trucs qui brillent.

Elle se demanda s'il apprécierait qu'elle se mette des paillettes sur l'entrejambe.

— Je t'ai déjà dit que je n'étais pas un vampire.

— Ouais, mais ce n'est pas pour autant que je t'ai cru, dit-elle en levant les yeux au ciel. Genre allô, comme si tu allais l'admettre.

— Je ne suis pas un vampire ni une créature mort-vivante.

— Et pourtant tes whampitres de potes...

— Whampyrs.

— ... boivent du sang.

C'était assez dégoûtant puisque c'était du sang humain. Dès leur plus jeune âge, on expliquait aux métamorphes que les humains n'étaient pas au menu. Ni leurs animaux domestiques, même s'ils avaient l'air savoureux.

— Cela fait partie de leur régime alimentaire, oui, mais ce n'est pas la seule chose qu'ils ingèrent. Et ce ne sont pas non plus des vampires. Alors, n'envisage pas de les harceler avec la lumière du soleil.

Elle réalisa qu'il n'avait jamais précisé quelque chose.

— Est-ce que toi tu bois du sang ?

— Est-ce qu'un steak cru ça compte ?

— Oh, Dieu merci tu n'es pas ce genre de mec qui aime

sa viande saignante ou bien cuite. Sinon, ça n'aurait jamais pu marcher entre nous, dit-elle en les pointant mutuellement du doigt et il parut encore plus adorablement exténué.

— Il n'y a pas de nous.

— Tu préfères que je dise entre toi et moi ?

Il soupira et ferma les yeux en plaçant un bras sous sa tête.

— Il est trop tôt pour ce genre de réflexion.

Tôt ? Euh, allô, il était une heure de l'après-midi.

— C'est parce que je ne t'ai pas apporté de café ?

— C'est parce que tu portes des vêtements. Si une femme me réveille, elle devrait être nue.

*Si j'attrape une autre femme en train de te réveiller ou qui te montre n'importe quelle partie de son corps, elle mourra.*

Mais elle s'éloignait du sujet. Elle était ici pour finir son travail.

— Étant donné que je passais dans le quartier pour les affaires...

— Quelles affaires ?

— La décoration. Il y a un appartement horrible dans les environs qui a besoin d'une rénovation totale. Le propriétaire est un gars célibataire, alors t'imagines bien, expliqua-t-elle en levant les yeux au ciel.

— Mon appartement n'a pas besoin d'être rénové.

— Qui a dit que je parlais du tien ?

Elle parlait du sien, évidemment. L'appartement de Charlemagne donnait envie de bâiller tellement on s'y ennuyait.

— Tu ne redécoreras pas mon appartement.

— Très bien. Tu n'as qu'à vivre dans cet espace ennuyeux et terne alors, mais ne viens pas pleurer ensuite quand ta créativité sera toute ratatinée et mourra.

— J'essaierai de me contenir.

— Pendant qu'on y est, pourquoi ne pas également répondre à quelques questions simples ?

— Pourquoi ne peux-tu pas simplement t'en aller ?

Partir ? Mais elle n'avait pas terminé.

— Je te l'ai dit mon chéri, j'ai des questions. Alors, arrête de perdre notre temps et réponds-y. Comme ça, ce sera plus rapide.

— Alors je pourrais te tuer ?

Elle ne lui jeta même pas un regard alors qu'elle éclatait de rire.

— Non, tu ne le feras pas.

— Je ne te tuerai pas. Mais je me réserve le droit de changer d'avis.

— Tu commences à apprendre.

Elle cocha quelque chose sur sa liste.

— Cela répond à l'une de mes questions, effectivement tu es capable d'apprendre de nouvelles choses.

Il la regarda longuement.

— Je déteste l'admettre, mais maintenant je suis curieux de savoir ce qu'il y a d'autre sur ta liste. Pose tes questions.

— Est-ce que tu prends des bains de sang comme cette comtesse ?

— Non.

— Brûles au contact de l'eau bénite ?

— Je suis capable de me gargariser avec, mais qui a envie de toucher ce truc étant donné que les gens mettent constamment leurs mains sales dedans ? En parlant de sale, tu pues comme si tu avais passé la nuit avec des morts.

— C'est le cas. Mes copines et moi nous avons visité un funérarium et un cimetière. Les cercueils usagés ne sont pas le meilleur endroit pour ramper en cherchant des indices. Melly a vomi. Et moi j'ai trouvé un doigt, dit-elle en l'agitant.

— Ne m'en dis pas plus. Je ne veux pas en savoir plus au cas où les flics me poseraient des questions.

— S'ils viennent toquer, tu n'as qu'à leur dire que nous avons passé la nuit ensemble.

Puis elle fredonna une mélodie porno classique des années soixante-dix.

Le tic dans sa joue revint.

— Je ne mentirai pas pour être ton alibi.

— Tu n'es vraiment pas drôle. Et je te conseille d'ouvrir les yeux si tu veux attraper ça.

Elle lui jeta une croix dessus et il l'attrapa avant que celle-ci ne heurte son visage. Regardez-moi ça. Il ne s'était pas mis à hurler ni à prendre feu.

Elle cocha une autre case de sa liste.

— Une croix ? Sérieusement ? dit-il en secouant la tête. Je ne suis toujours pas un vampire.

Reba cocha à nouveau quelques éléments de sa liste sur l'écran de sa tablette.

— Et tu ne dors pas dans un cercueil. *Coché*. Et tu as de l'ail dans ton frigo. *Coché*. Et qu'en est-il du bois ?

Pour ça, il sourit. Un sourire malicieux. Un sourire totalement diabolique.

— J'adore le bois. J'ai même un beau morceau de bois sur moi à l'heure actuelle. Tu veux voir ?

Vu qu'il avait l'air plutôt délicieux assis dans son lit, les couvertures enroulées autour de sa taille révélant une musculature bien dessinée qui suppliait d'être touchée...

— Oui. J'aimerais voir.

D'autant plus que certains des motifs tatoués sur son corps descendaient jusqu'en dessous de sa taille. Il arborait une intéressante collection de dessins à l'encre noire sur son corps. Elle avait envie de tracer leur contour – avec sa langue.

— Si tu veux jeter un coup d'œil, vas-y, dit-il en plaçant les mains derrière la tête.

Cela paraissait impoli de refuser son invitation, mais elle parvint à se retenir. *Pas de relation intime avec lui.* Elle l'avait à nouveau promis, l'après-midi même où Arik lui avait fait une remarque sur son rencard.

— *Je t'interdis de le séduire.*

Ou bien, peut-être avait-elle mal compris ? Peut-être qu'Arik avait fait preuve de psychologie inversée ? Peut-être que ce qu'il voulait vraiment dire c'était de coucher avec Charlemagne ?

Elle savait ce que ses connasses de copines diraient si elle leur demandait quoi faire dans cette situation. Elle zyeuta son entrejambe et pencha la tête.

— Quelle taille dirais-tu qu'elle fait ?

— Est-ce que la taille de mon érection est sur ta liste ?

— Non. Ça, c'est juste pour moi.

Elle ne comptait pas partager non plus. Elle n'était peut-être pas un dragon qui veillait sur son trésor, mais il y avait des choses qu'elle préférait garder pour elle.

Il lâcha un profond soupir. Étant donné qu'elle avait provoqué de nombreux soupirs au cours de sa vie, elle l'ignora. Ce n'était pas de sa faute si la plupart des hommes n'étaient pas capables de supporter l'esprit et la présence incroyable d'une lionne.

— Comme je sais que tu risques de me harceler jusqu'à ce que je te réponde : elle est énorme.

— En longueur ou en largeur ?

— Les deux. Maintenant que j'ai satisfait ta curiosité, va-t'en.

— Qui a dit que j'étais satisfaite ?

Ses parties intimes elles en tout cas n'étaient certainement pas satisfaites. Elles palpitaient et grognaient pour attirer l'attention. Elles allaient devoir endurer cette souffrance ; Charlemagne n'était pas au menu. Dommage, car elle mourait d'envie de croquer un morceau.

— Je dois reconnaître que je n'ai pas beaucoup d'expérience avec les métamorphes. Est-il toujours aussi agaçant de parler avec votre espèce ?

— Non, je suis juste meilleure que les autres pour ça. Et tu n'es pas agacé. Je sais quand quelqu'un est vraiment agacé.

C'était assez facile à repérer, car cela impliquait souvent une insulte qui rimait avec mélasse et ensuite, elle commettait quelque chose qui poussait les flics à l'arrêter. Heureusement que les avocats du clan étaient doués pour faire abandonner les charges.

— Si je ne suis pas agacé, alors comment qualifierais-tu mon humeur ?

Il croisa les bras sur la poitrine.

Son humeur à elle c'était qu'elle était excitée, mais apparemment, il voulait en faire une affaire personnelle.

Son chéri était tout grincheux. Mais pourquoi ? Une idée germa soudain dans son esprit.

— Je sais ce qu'est ton problème. Tu as faim. Allons déjeuner.

Qu'est-ce qu'il dirait d'un peu de miel dès le réveil ?

— Il n'est pas question de manger. Je n'avais surtout pas terminé de dormir.

— Si, parce qu'il faut que tu viennes avec moi.

— Je t'en prie, explique-moi pourquoi je devrais faire ça ?

— Parce que j'ai besoin de toi.

Face à cette déclaration, ses yeux scintillèrent pendant un instant, une étincelle rouge et vive s'alluma dans les profondeurs de son œil. Elle ne dura qu'une milliseconde, puis disparut. Elle aurait pu croire qu'elle l'avait imaginée, sauf que Reba n'imaginait rien du tout.

Son sens de l'observation ne se trompait jamais.

— Tu réalises que si tu as besoin d'un homme il existe certains services qui s'en occupent.

— Mais je te veux toi.

Une fois de plus, il réagit, cette fois-ci, ses narines se dilatèrent alors qu'il pinçait les lèvres jusqu'à ce que celles-ci ne soient plus qu'une ligne droite.

— Je ne suis pas d'humeur à jouer.

— Tant mieux, parce que je gagne toujours.

— Est-ce que c'est un défi ?

— Très précisément.

— Et que se passe-t-il si tu perds ?

— J'imagine que pour le savoir, il faudra que tu gagnes.

Sauf qu'à ce stade, même elle n'aurait pas pu dire à quoi ils jouaient. Mais elle était prête à parier que cela se terminerait avec leurs vêtements sur le sol et l'un d'eux à genoux. Utilisant probablement leurs bouches et langues pour récompenser le gagnant.

— Aussi intéressant que ton jeu puisse paraître, j'ai des questions plus importantes à régler. Va-t'en s'il te plaît, dit-il en essayant de prendre un ton autoritaire.

Sauf qu'il oublia quelque chose de crucial.

— Je déteste avoir à te le dire mon chéri, mais il n'y a rien de plus important que moi. Et j'ai besoin que tu m'aides sur une affaire que nous avons en commun.

— Je t'ai déjà dit de ne pas décorer mon appartement.

— Je parlais d'une autre affaire.

— Je doute fortement que nous ayons des affaires en commun.

— Donc les corps disparus à la morgue ne t'intéressent pas.

— Des corps ? Qu'est-ce qui te fait croire que je sache quoi que ce soit sur des corps disparus ?

— Tu mens, dit-elle en claquant la langue. Tu es vilain mon chéri.

Elle se pencha en avant et essaya de le saisir brutalement. Une technique assez pratique pour obtenir des réponses quand elle était réalisée correctement. Sauf qu'il bloqua sa main.

— Qu'est-ce que tu fais, *chaton* ? dit-il d'une voix faible.

— Je n'aime pas les menteurs. Tu savais pour les corps. Alors, arrête ton cinéma. Sinon je vais arrêter de me conduire comme une dame.

— Si seulement j'avais cette chance, répondit-il alors qu'un sourire arrogant étirait ses lèvres. Je vois que ça ne sert à rien de le cacher. Oui, je suis au courant pour les corps. J'imagine que c'est ça que tu es allée vérifier, d'où ton parfum *eau de mort* ?

— Si ça veut dire la fille qui pue comme Pépé le putois[1] alors oui, c'est bien moi et merci de me le rappeler constamment, répondit-elle en lui jetant un regard furieux. Je n'ai pas eu le temps de me doucher avant de venir.

Il lui répondit par un sourire absolument pas embarrassé.

— Je n'ai pas dit que ça me dérangeait, c'est juste inhabituel.

— Aussi inhabituel que ces corps disparus des cercueils. Et nous avons reçu un appel, il s'est passé la même chose à la morgue.

— Je ne vois toujours pas pourquoi tu ressens le besoin de m'impliquer. On dirait plutôt un problème humain.

Car tout le monde savait que les métamorphes préféraient être incinérés depuis que la science était si avancée dans ce monde.

— Je ne pense pas que ce soit quelque chose que les humains puissent gérer.

— Pourquoi est-ce que ton roi ne s'en occupe pas lui-même ?

— C'est le cas, c'est pour ça que je suis ici. Par ordre du roi Arik, chef du clan et protecteur de cette ville, tu es par la présente appelé à résoudre le problème qui tourmente nos citoyens.

— C'est ce qu'il a dit ?

Son scepticisme était évident.

— Plus ou moins.

Il avait plutôt dit : « *Dis-lui de nous filer un putain de coup demain sinon je lui mets la tête dans le cul.* » Elle avait peut-être effectivement un peu enjolivé le décret royal avant de le transmettre.

— Ton roi ne peut pas me donner d'ordre.

— Mais le Haut Conseil, si et même s'ils ne le faisaient pas, tu m'aiderais quand même parce que tu sais ce qui se passe.

— Je ne vois pas de quoi tu parles, dit-il en levant les mains d'un air faussement innocent. Je ne suis qu'un simple propriétaire de boîte de nuit.

Elle ricana.

— Et moi je porte des sous-vêtements.

Ses narines se dilatèrent à nouveau.

— Je sais que tu t'intéresses à ce qui se passe. Tu as gardé l'œil sur ces incidents. Quelle que soit la personne qui recueillait des informations pour toi, elle a été négligente. Melly l'a suivie.

— Votre hackeuse a piraté le mien ? s'exclama-t-il en secouant la tête. Je n'en reviens pas. Très malin.

— Tu n'as encore rien vu, mon chéri. Et j'ajouterai que c'est toi qui as commencé à courir après mes fesses.

— Et ce sont de très belles fesses.

— Les plus belles, c'est pour ça que tu vas les suivre et *prendre* le même chemin que moi.

Et oui, elle avait peut-être fait un clin d'œil en disant « Prendre ».

— Je dois reconnaître que ma curiosité est éveillée.

— Tu es sûr que c'est la seule chose qui est éveillée ?

Il ne rougit pas ni ne détourna les yeux. Il maintint son regard.

— Tu n'as qu'à le découvrir par toi-même.

Il se pencha en arrière, étirant son torse. Son mouvement mit en avant les tatouages élaborés sur son corps, leurs spirales complexes étaient fascinantes.

— Je ne suis pas en train de te demander quoi que ce soit, souligna-t-elle. C'est seulement par pure curiosité scientifique.

— Bien sûr, dit-il avec un petit sourire. Mais je t'en prie, inspecte ce pour quoi tu me supplieras plus tard.

Comme il était vilain. Toujours avec ses déclarations scandaleuses. Mais ils étaient deux à pouvoir jouer à ce jeu.

— Avec ou sans drap ?

— À toi de choisir.

Comme s'il y avait le choix. Elle choisit la peau nue, bien évidemment.

— Ça t'a fait mal ? demanda-t-elle en pointant le doigt vers un tatouage en spirale pour tracer le contour, mais il la bloqua.

— Je ne ferais pas ça si j'étais toi.

— Mais tu n'es pas moi.

Elle tendit à nouveau la main, mais il l'arrêta.

— Ces marques peuvent être dangereuses pour ceux qui ne sont pas directement liés à moi. Elles sont destinées à me protéger du danger.

— Alors elles me feront quelque chose si je les touche ?

— Seulement si elles considèrent que tu es un danger pour moi.

— Et est-ce que je suis dangereuse ?

— Assurément, dit-il avec la plus grande sincérité.

Une partie de lui avait peur d'elle.

Et bizarrement, elle le croyait.

— Est-ce que c'est ta façon de te dégonfler ? Tu caches un zizi riquiqui là-dessous ou quoi ?

— Je n'ai rien à cacher. J'ai même beaucoup de raisons de me vanter. Vas-y. Jette un coup d'œil. Touche-le et assure-toi de préciser sur ta liste qu'il est large, très long et épais.

— C'est moi qui le jugerai ça.

Elle n'avait pas vraiment prévu de jouer avec la bite de qui que ce soit aujourd'hui, surtout pas celle de Charlemagne, mais s'il y avait bien une chose qu'une lionne ne pouvait pas faire, c'était battre en retraite quand on lui lançait un défi. Alors sa main se posa sur les genoux de Charlemagne et tâtonna, par-dessus le drap. Celui-ci ne masquait rien du tout.

Oh mon Dieu. Oups, elle avait peut-être parlé à voix haute.

— Oui, oh, mon Dieu, maintenant que tu as pu satisfaire ta curiosité, va-t'en pour que je puisse m'habiller.

Partir ? Mais la fête ne faisait que commencer. Elle saisit les couvertures et les tira, le révélant nu, dans toute sa gloire. Sa nudité sans poils.

— Tu te rases les couilles ?

Ce n'était peut-être pas digne d'une demoiselle, mais elle ne put s'empêcher de le dire. Elle était plutôt habituée aux hommes du clan. Des hommes poilus qui adoraient leur fourrure, même sous leur forme humaine. Elle-même ne touchait pas aux boucles sur son sexe, pensant qu'elle devait les laisser intactes. Mais pas Gaston. Bizarre, car elle croyait que les Européens n'aimaient pas se raser.

— Je ne me rase pas le pubis. Je suis naturellement sans poils.

— Il n'y a rien de naturel là-dedans.

Tout comme la taille de son sexe qui défiait toute explication. Pour un homme plutôt mince, il avait une grosse bite.

*Rien de mieux pour tourner dessus.*

Alors qu'elle se penchait à nouveau vers lui, il s'écarta.

— Tu te rends compte que tu pues la mort ?

Elle fronça les sourcils.

— J'imagine que je ferais mieux de me doucher. Tu veux venir me gratter le dos ?

— Je vais retourner me coucher pendant que tu te rends présentable.

Il se retourna vraiment sur le côté en tirant les couvertures sur lui.

Il l'ignora. Elle faillit lui bondir dessus, mais se retint pour une raison simple. Elle était là pour le travail. Tu te souviens ? Arik voulait qu'elle travaille avec Gaston parce qu'il se passait quelque chose de louche dans leur ville et bizarrement, son patron pensait que Reba était le contact parfait. *Ah, prends ça Luna. J'ai enfin eu mon titre après tout.*

Il ne lui fallut que quelques secondes pour se déshabiller et déposer ses vêtements sales en tas sur le sol. Jetant un coup d'œil par-dessus son épaule, elle vit que Charlemagne ne lui accordait aucune attention. Il s'efforçait vraiment de faire semblant.

— Je suis nue, chantonna-t-elle en se pavanant dans sa salle de bains. Et mouillée ! hurla-t-elle en actionnant l'eau.

Elle aima s'imaginer qu'elle l'avait entendu grogner.

Elle prit son temps pour se laver, frottant de partout. Parfois deux fois de suite. Il ne la rejoignit pas. Ne jeta même pas un coup d'œil. S'enroulant dans une serviette, elle sortit de la salle de bains humide et vit qu'il était encore au lit, faisant semblant de dormir.

Il lâcha un grognement quand elle lui sauta dessus.

— Il est l'heure de se réveiller.

Quand il la fit soudain rouler sur le dos, elle fut prise par surprise et elle le regarda.

— Tu ne devrais jamais me prendre par surprise.

— Pourquoi ? dit-elle en se tortillant sous lui. Si tu veux tout savoir, tout va bien pour moi hein.

— Seulement parce que je ne dormais pas vraiment.

— Tu ne me ferais pas de mal.

Et s'il le faisait, elle serait la dernière personne qu'il blesserait. Certaines choses, comme la violence envers une personne, n'étaient jamais tolérées.

— Tu ferais mieux de t'habiller.

— Dit le mec nu sur moi.

Il s'était peut-être enroulé dans son drap quand elle l'avait attaqué, mais le tissu la suppliait d'être retiré.

— Et si on s'habillait en même temps ?

— Pourquoi faire ? Moi je dis qu'on devrait passer la journée nus au lit.

Elle écarta les bras, s'étalant comme une étoile de mer et étirant sa peau nue. Il garda les yeux rivés sur son visage.

— Et cette affaire de morgue ?

Roh, qu'il aille au diable avec ses remarques d'homme responsable.

— J'avais oublié. Habillons-nous et allons-y.

Au moins, elle avait réussi à se doucher. Toute la journée, les éléments avaient conspiré contre elle pour qu'elle ne puisse pas le faire. Premièrement, Luna et elle avaient terminé très tard avec cette histoire de corps. Ensuite, elle avait peut-être un peu trop bu dans le cimetière – chose qu'elle pouvait désormais rayer de sa liste de choses à faire – et s'était ensuite évanouie en s'étalant sur un monticule frais. Mais quand même, le hurlement de la vieille dame était totalement injustifié.

Charlemagne s'écarta et retomba sur le dos. Ses draps en coton ne parvinrent pas à cacher le renflement. Elle s'assit, consciente qu'elle était nue et que sa peau était encore humide après la douche.

— Personne ne t'a jamais dit que tu étais un peu trop gentleman ?

Il n'avait pas essayé de la peloter une seule fois.

— Pourtant je suis un libertin dans l'âme. Il suffit de me le demander.

— Tiens-moi au courant quand tu seras assez viril pour passer à l'action.

Ce défi audacieux rendit ses gestes un peu plus sensuels que d'habitude quand Reba sortit du lit, trébucha, retrouva son équilibre sans sourciller et s'avança avec aisance vers son sac à main géant posé sur la chaise. Elle se pencha en avant et farfouilla – *il vient de grogner ? Je crois bien qu'il a grogné.* Miaouuuuuais. Elle sortit une nouvelle tenue. Les métamorphes ne partaient jamais de chez eux sans de nouveaux habits – Reba en prenait généralement une demi-douzaine. Elle aimait être apprêtée.

Elle mit en place son string rouge, passant le fil entre ses fesses sans que Gaston n'essaie de l'arracher. Quelle déception. Avait-il au moins regardé ? Son coup d'œil alors qu'elle se penchait en avant pour mettre son pantalon lui prouva que, oui, il y prêtait attention. Sachant qu'elle avait un public, elle se tortilla un peu en se trémoussant pour enfiler son legging. Elle se redressa, la poitrine fière, pour finalement voir qu'il avait tourné la tête. Il ne lui échapperait pas si facilement.

Marchant à reculons, tenant son soutien-gorge sur sa poitrine, elle trébucha et atterrit sur le lit. Tout à fait ce qu'elle voulait. Et pourquoi était-elle soudain si maladroite en sa présence ?

— Tu veux bien fermer mon soutien-gorge s'il te plaît ?

Elle s'attendait à ce qu'il lui dise non ou l'attrape pour la jeter sur le lit et coucher avec elle. Au lieu de ça, il ferma rapidement son soutien-gorge et la toucha à peine. Elle pivota pour tirer sur son vêtement, lui laissant apercevoir son décolleté mis en valeur par sa brassière avant de rabattre son tee-shirt.

Il ne la toucha pas une seule fois.

Il n'essaya même pas.

Quel imbécile.

— J'ai fini. À ton tour.

Alors que Charlemagne balançait ses jambes hors du lit, elle ne bougea pas. Elle leva donc les yeux quand il se tint debout, tout en haut. Bizarrement, il paraissait plus grand, bien plus grand que ce dont elle se souvenait. Probablement parce qu'elle était pieds nus. Elle avait laissé ses chaussettes dégoûtantes et ses baskets pleines de boue à l'entrée. Elle n'avait pas encore mis ses nouvelles chaussures. Elle avait apporté des pompes plus décontractées, les talons bas et épais étaient plus pratiques pour se promener dans les morgues et autres lieux où se trouvaient des choses aussi glauques.

Les félins préféraient quand leur proie était encore fraîche et en vie.

*C'est encore mieux quand ils courent.* La course-poursuite lui procurait beaucoup d'adrénaline et de joie, mais le moment le plus orgasmique était quand elle bondissait.

— Tu comptes bouger ou pas ? demanda-t-il.

— Non, ça va.

Gaston la fixa, ce qui était un peu déconcertant, alors elle lui rendit son regard. Il cligna des yeux en premier.

— Tu es très téméraire.

— Oui. Je suis aussi autoritaire et très impliquée pour le clan. Si tu t'en prends à mes connasses de sœurs, c'est comme si tu t'en prenais à moi. Si tu m'énerves, quand j'en aurais fini avec toi, il faudra aussi que tu aies affaire à elles.

— C'est intrigant.

— Si tu es suicidaire, ouais. S'en prendre aux lionnes c'est vouloir beaucoup d'ennuis.

— Tu es une véritable demoiselle jusqu'à ce que tu te mettes à parler et là encore – il la caressa presque du regard – tu jures avec élégance.

— Merci, dit-elle en se pavanant devant le compliment. Ma mère m'a bien éduquée.

— J'imagine qu'elle ne t'a pas appris à laisser un homme s'habiller seul.

— Pourquoi ferais-je ça ? J'ai déjà reluqué la marchandise.

Elle tendit la main et pinça ses fesses de façon ferme.

Il ne réagit pas. Vilain garçon. Il faisait semblant de ne pas avoir remarqué. Mais une partie de lui, qu'il ne pouvait pas contrôler, l'incita à la pousser. *Pas si calme et cool que ça après tout.*

— Je suis cruellement tenté de t'étouffer pour que tu ne puisses plus parler.

— Oui, je sais, tu en as une grosse. Pas besoin de continuer à le sous-entendre.

Quand il la dévisagea, elle fit semblant de tailler une pipe et émit des bruits d'étouffement.

Ooooh. Elle ne put contenir sa joie face au tic qui apparut dans le coin de son œil. Il essayait tellement de rester impassible.

*Je suis sûre qu'il suffit de le pousser encore un peu.*

Il tenta de bouger sur le côté et elle le suivit en se penchant plus près.

— Je n'ai encore jamais vu de tatouages comme les tiens auparavant.

Les métamorphes avaient du mal à retenir l'encre sur leur peau. Seulement certains types d'encres, appliquées plus profondément sur la peau, là où les humains ne s'aventuraient jamais, fonctionnaient.

— Mes tatouages sont spéciaux, il ne faut pas les prendre à la légère.

— Je n'obéis jamais très bien aux ordres, dit-elle en promenant ses doigts le long de ses bras.

Il frissonna. Il était impossible de le cacher.

— Tu ne devrais pas faire ça.

— Pourquoi est-ce que tu luttes autant ? s'exclama-t-elle. Tu me désires, je le vois. Tu flirtes, constamment, et tu fais des remarques osées. Pourtant, tu ne sembles pas vouloir aller plus loin que les mots et les taquineries.

— On dirait que tu viens de décrire tes propres actions.

— Tu crois que je flirte avec toi ?

Elle cligna des yeux, essayant d'avoir l'air le plus innocent possible. Elle fut presque sûre que cela tomba à plat.

— Je le sais et ce que tu ne sembles pas comprendre, c'est que tu joues avec le feu. Je ne suis pas un mâle dont on peut se jouer, *chaton*.

— Qu'est-ce que ça veut dire sha-ton ?

— C'est le terme français pour petit chat.

— Mais je ne suis pas si jeune.

— Ah bon ? Parce qu'à mes yeux tu es un petit chat, jeune, immature et avec de toutes petites griffes qui pourraient piquer sans vraiment faire de dégâts.

Cette insulte la blessa et elle se renferma. Comment osait-il l'accuser d'immaturité ? Certes, Meena et d'autres filles étaient peut-être un peu puériles, mais Reba n'était pas comme elles. Même pas un peu. Elle ne jouait pas.

Du moins pas souvent.

OK, peut-être un peu.

— Tu agis comme si tu étais beaucoup plus âgé que moi. Mais tu dois avoir quoi, trente, trente-cinq ans max ?

Alors que Reba atteignait la fin de sa vingtaine – et elle comptait rester ainsi pour toujours.

— Je suis plus âgé que ce que tu crois.

Puis, il lui *jeta ce fameux regard* et à cet instant, elle crut comprendre quelque chose. Elle plongea vers sa tablette et tapota sur l'écran.

— Qu'est-ce que tu fais ? demanda-t-il, se penchant plus près pour regarder.

— La dix-septième caractéristique d'un vampire. Il paraît jeune pour toujours. Mais qu'en est-il de ton endurance ?

— Ne recommence pas avec ça, grogna-t-il.

Un homme d'expérience. Miaou. Elle avait envie de lui

bondir dessus, plus que jamais, c'est pourquoi, à la place, elle quitta la pièce avec pour mot d'adieu :

—Fais attention de ne pas tomber en t'habillant grand-père, tu risquerais de te casser la hanche.

Puis, elle ricana.

---

1. Personnage des Looney Tunes

## CHAPITRE SEPT

Vieux ? Elle avait quitté la pièce parce qu'elle pensait qu'il était un vieux décrépi plus du tout performant au lit et plus dans la fleur de l'âge. Elle semblait aussi persister à croire qu'il était un vampire.

Elle se trompait sur tellement de points. Premièrement, il pouvait faire l'amour longtemps et plus d'une fois dans la même soirée – et non pas parce qu'il était un vampire. Ces créatures étaient peu nombreuses dans le monde, car elles n'étaient pas aussi simples à créer que ce que croyaient les gens.

Gaston n'était pas aussi âgé qu'il le laissait entendre, mais elle le faisait se sentir vieux. Quand il passait du temps avec elle, il s'épanouissait. Il sentait des choses en lui revenir à la vie, des côtés de lui qu'il n'avait pas appréciés depuis longtemps. Très longtemps. *Mon existence est ennuyeuse.*

Quand était-ce arrivé ? *Je suis un voyageur du monde.* Un homme d'expérience et de moyens. Il possédait un club. Il gagnait bien sa vie. Il avait un bel appartement.

Il pouvait avoir tout ce qu'il voulait.

*Alors pourquoi est-ce que je me sens incomplet ?*

*Pourquoi suis-je un imbécile contemplatif ces derniers temps ?*

Reba ayant quitté sa chambre pour l'attendre dans le salon, il se dépêcha de s'habiller. Qui savait les méfaits qu'elle pourrait commettre si elle restait seule trop longtemps ?

Cela le choquait toujours de réaliser qu'elle avait franchi son système de sécurité sans problème. Qu'elle ait pu trafiquer l'ascenseur ? OK. L'électronique avait des failles et pouvait toujours être hackée, tout comme la serrure de sa porte d'entrée qui avait pu être crochetée. Cependant, comment avait-elle fait pour échapper à sa magie ? Pourquoi celle-ci ne s'était-elle pas réveillée pour l'avertir ? Il avait passé des heures à élaborer ces runes et superposer ces sorts.

Mais ce n'était pas seulement ses sorts de protection sur la maison qui n'avaient pas réagi comme ils auraient dû. Les tatouages sur son corps n'avaient fait que frissonner au contact de Reba. Cela voulait-il dire qu'il n'avait rien à craindre ? Ou bien le danger qu'elle représentait était-il trop sournois pour être relevé ?

Sortant de la chambre, il la remarqua immédiatement dans la cuisine, difficile de la rater étant donné que son cul était en l'air alors qu'elle était penchée vers le frigo. Dommage qu'elle ait décidé de porter un pantalon au lieu d'une jupe. La vue aurait été incroyable. Il n'avait pu jeter qu'un bref coup d'œil dans la chambre. Et oui, il avait regardé. Il n'avait jamais prétendu être un vrai gentleman, alors il l'avait regardée avec beaucoup d'intérêt quand elle s'était penchée en avant pour saisir ses affaires et s'habiller. Il ajouterait même que c'était le plus beau lever de soleil qu'il ait jamais vu.

*Et voilà t'es encore cucul.*

Il s'administra une gifle mentale et alla au salon. L'îlot central de la cuisine lui bloquait la vue et il ne pouvait pas voir Reba, ce qui voulait dire qu'il pouvait se concentrer sur la pièce en elle-même, un endroit parfaitement immaculé. Du blanc sur du blanc sur du blanc. Il trouvait la pureté lumineuse de la pièce réconfortante. Il n'autorisait le gris et le noir que pour accentuer certaines choses. Rien qui ne puisse troubler la sérénité.

Apparemment, elle détestait sa déco – ce qui ne lui posait pas vraiment de problème. Non. Et il n'était pas surpris qu'elle n'aime pas la simplicité de son appartement. Cette fille préférait tout ce qui était plein de vitalité. Justement, Reba portait du rouge vif. Un jogging rouge vif qui moulait ses fesses rondes qui étiraient le tissu et faisaient ressortir en relief l'inscription #SEXY. Elle avait ajouté un sweat à capuche avec une fermeture éclair par-dessus un tee-shirt blanc portant l'emblème : « *Je suis too much*[1] *pour toi.* » Probablement exact.

Elle avait dompté ses boucles sauvages en une queue de cheval épaisse qui mettait en avant ses traits fins et ses lèvres pleines. Des lèvres pleines et rouges qui brillaient avec du gloss.

Elle était sacrément sexy et délicieuse. Il avait envie d'absorber cette énergie lumineuse qu'elle dégageait – tout en portant moins de vêtements.

*Lutte contre cette envie.* Lutte contre. Car il aurait dû être en colère contre elle ou au moins, très suspicieux. La dernière fois qu'il avait baissé sa garde, il s'était fait baiser. Sa sœur était morte et il avait tout perdu.

— Comment es-tu entrée ici ?

— Par la porte évidemment, idiot. Tu as de la crème fouettée ?

Elle continua de farfouiller dans le frigo.

— Non, c'est trop calorique. Et la porte était verrouillée.

— Tu ne crois quand même pas que c'est ce qui va stopper quelqu'un non ? rétorqua-t-elle.

Ce n'était pas faux, un vrai cambrioleur ne se serait pas découragé, mais qu'en était-il de ses autres protections, ses runes magiques ? Elles ne lui avaient jamais fait défaut auparavant.

— Est-ce que tu as fait quelque chose de bizarre quand tu es entrée ? Comme dessiner sur les murs, sacrifier un poulet ou peut-être danser nue en invoquant les dieux ?

Si ce dernier point s'avérait vrai, il espérait que sa caméra de sécurité dans l'ascenseur avait tout enregistré.

— Et dire qu'il paraît que c'est les lionnes qui posent les questions les plus étranges. Pour répondre à ta question, non, je n'ai rien fait de tout ça. Même si c'est vrai que j'ai apporté un paquet que quelqu'un a laissé devant la porte.

— Quel paquet ?

Et encore une fois, comment celui-ci avait-il pu arriver devant sa porte ? L'ascenseur n'était réservé qu'à lui et JF. Seuls lui ou son second autorisaient l'équipe de ménage à monter une fois par semaine et ils étaient surveillés. Non seulement l'ascenseur l'avait laissée monter elle, mais également un livreur ? Il allait devoir revoir tout le système.

— Le paquet qui est sur la table dans le hall d'entrée.

Ce n'est pas très intéressant. J'ai jeté un coup d'œil à l'intérieur. Il y a juste une sorte d'écureuil ratatiné bizarre à l'intérieur, mais énorme, comme un chat.

Un animal desséché ? Ici ? Il pivota et se tourna vers le colis dont elle parlait. Il ouvrit le couvercle et regarda à l'intérieur. Ce qu'elle avait pris pour un écureuil souriait en dévoilant ses crocs. Elle avait oublié de mentionner que la chose battait des ailes.

Merde. Il referma le couvercle, saisit la boîte et s'en alla au trot.

— Où cours-tu avec cet animal mort ?

— Je l'emmène au bureau. Et tu ferais mieux de t'armer, parce qu'il n'est pas mort.

Comme pour appuyer ses propos, la boîte trembla entre ses bras.

— Comment ça, pas mort ? J'ai vu ce truc et il est clairement mort ; je veux dire, j'ai déjà vu des trucs bizarres dans mon frigo qui étaient plus vivants que ce machin.

— Les démons ne sont pas comme les créatures de notre planète.

La boîte s'agita à nouveau entre ses mains, la créature à l'intérieur gagnait en force alors qu'elle absorbait la magie de ses sorts. C'était pour cela qu'il ne les avait jamais entendus se déclencher. Le démon s'en nourrissait, et plus il en absorbait, plus il devenait fort. Il n'avait pas envie d'avoir affaire à un démon gorgé de puissance dans son appartement. Ils avaient tendance à faire des dégâts.

— C'est un démon dans la boîte ? dit-elle avec excitation. Mon chéri, tu es vraiment très intéressant.

*Et encore, elle ne connaît même pas la moitié.*

Il plaqua sa main contre l'écran de sécurité intégré à la porte de son bureau. Il ne la laissait jamais ouverte et toute personne autre que lui qui tenterait de l'ouvrir aurait une mauvaise surprise. La porte cliqua et s'ouvrit en coulissant. Il entra immédiatement et déposa la boîte au milieu du cercle peint sur le sol. Quelque chose à l'intérieur laissa échapper un cri.

Tant pis pour lui. Il était désormais temporairement enfermé. Mais seulement temporairement, car une fois que la créature aurait absorbé tout le pouvoir du cercle, Gaston allait devoir l'affronter physiquement. Sauf s'il l'arrêtait maintenant.

S'avançant vers son mur d'outils, il étudia les différentes armes – des épées et des poignards, une massue à pointes et même une baguette tordue. Des objets magiques qu'il avait récupérés au fil des ans. Des curiosités qu'il avait trouvées durant ses voyages. Certains achetés. D'autres volés. Tous puissants à leur façon.

Il choisit une épée en argent dont le pommeau était une belle spirale en métal épais qui chauffait dans la paume. La lame brillait d'un feu bleu. Certains l'appelaient l'Épée Vertueuse. Probablement parce qu'elle tuait des démons agaçants.

Il traversa le cercle et ouvrit le couvercle de la boîte.

— Qu'est-ce que tu fais ?

Reba l'avait suivi dans la pièce et tournait autour du cercle.

— Je me débarrasse de ce parasite.

— Mais c'est méchant. N'est-il pas finalement revenu à la vie ? Ne devrions-nous pas plutôt célébrer un miracle ?

— Tu pourras célébrer ce que tu veux une fois que je l'aurais tué. Crois-moi, tu ne voudrais pas qu'il s'échappe.

*Pouf.* Le démon agrippa les bords de la boîte et sortit la tête. Il cligna des yeux, ses grandes pupilles sombres rivées sur Reba. Celle-ci se détendit immédiatement.

— Oh, regarde-le, Tony, il est adorable.

Il n'aurait pas pu dire ce qui le perturbait le plus, le fait qu'elle trouve ce démon sorti de nulle part mignon ou le fait qu'elle vienne de le surnommer Tony.

Gaston grogna :

— Je ne m'appelle pas Tony. Tony c'est un gars italien qui tient une pizzeria. Mon nom est Gaston.

— Ouais, ça ne va pas le faire pour moi, parce que quand je pense à Gaston, je pense à la *Belle et la Bête* et ensuite je chante la chanson dans ma tête. Tu vois de laquelle je parle.

Elle fredonna quelques notes de la mélodie en question.

Il ne la reconnut pas, mais il était certain que si ça avait été le cas, il n'aurait pas aimé de toute façon. Tout comme il n'aimait pas le prénom Tony.

— Est-ce que t'aimerais toi si je t'appelais...

Il s'arrêta, réfléchissant à une manière de raccourcir le prénom Reba de façon offensante.

— Ba. Genre Baaa tu es un mouton qui reçoit des ordres d'Arik.

Elle claqua la langue.

— Pourquoi est-ce que tu m'appellerais Ba si tu utilises déjà le terme *chaton* ? Nous savons tous les deux que *chaton* est un meilleur surnom pour moi, parce qu'après tout, je suis une vraie petite chatte.

Non, elle le distrayait trop et il ne pouvait pas se le permettre étant donné que le démon avait rampé hors de la boîte et se dirigeait maintenant vers le bord du cercle, là où se trouvait Reba.

— Ooooh, regarde ce tout petit bébé qui fait ses premiers pas, roucoula-t-elle.

— Recule. Ne le laisse pas te toucher.

— Détends-toi, mon chéri. Tu n'as jamais eu d'animaux domestiques quand tu étais petit, n'est-ce pas ? J'ai un cochon d'Inde qui faisait sa taille. Même si les gens du zoo ont dit que c'était un capybara quand ils l'ont emporté. Non, mais tu y crois, ils ont quand même accusé mon père de l'avoir fait illégalement entrer dans le pays.

Elle s'éloignait complètement du sujet et il dut la rappeler à l'ordre.

— Il faut que tu m'écoutes quand je te dis que cette chose est dangereuse. Et elle va devenir de plus en plus forte si on ne l'arrête pas.

— J'adore tuer tout ce qui est mortel, par contre pour ce qui est de tuer gratuitement, là je fixe ma limite. On ne peut pas simplement le relâcher dans la nature ?

Le démon atteignit le bord du cercle et le toucha du doigt. La bulle tint bon, mais ça ne durerait pas longtemps. Gaston fit le tour du cercle, l'approchant par le côté, les yeux rivés dessus.

— Tu n'as pas intérêt à lui couper la tête. Je viens tout juste de m'acheter cette tenue.

— Alors, recule.

Au lieu de l'écouter, elle observa le démon avec une curiosité excessive.

— Est-ce qu'il a une queue qui est en train de pousser ?

Probablement, étant donné que les queues des démons étaient si desséchées une fois que ceux-ci étaient aspirés par les portails qu'elles tombaient. Mais elles n'étaient pas détruites. Une queue de démon était un agent puissant quand elle était séchée et réduite en poudre pour être utilisée dans des antidotes.

— Il faut vraiment que tu bouges, *chaton*. Nous avons attendu trop longtemps pour agir. Ça ne sera pas beau à voir.

Pas beau, comme son visage quand le démon se tourna vers lui pour lui sourire avec ses dents comme des éclats d'obsidienne noire. Il siffla, révélant une deuxième série de dents et sa langue ressortit, dégoulinante de bave. Les gouttes grésillèrent sur le sol de béton lisse et argenté, creusant des trous dans la surface. Merde. Il détestait quand cela arrivait.

Reba fronça finalement les sourcils.

— En y réfléchissant, je pense que tu devrais le tuer. Probablement maintenant. Je ne le laisserai pas gâcher mes nouvelles chaussures Prada Mary Jane. C'était un cadeau pour me féliciter de ne pas avoir mangé cette deuxième portion de cheese-cake.

— Un cadeau de la part de qui ? demanda-t-il d'un air absent en s'approchant.

— De moi-même. Je trouve ça important de me récompenser quand j'ai été sage.

Ça ne le dérangerait pas de la récompenser aussi. Plus tard. Gaston s'élança en avant et balança l'épée. Le démon bougea plus vite, traversant le cercle en courant puis en tirant la langue, pulvérisant de l'acide dans le cercle.

D'autres trous dans le béton grésillèrent et l'aura du

cercle, la seule chose qui retenait prisonnier le démon, commençait à vaciller.

Il s'élança à nouveau, s'autorisant à aller au centre du champ ésotérique pour pouvoir mieux pivoter et viser. Le petit diablotin courut dans le cercle et il eut envie de maudire la taille contraignante de l'anneau.

Mais finalement, un cercle plus grand n'était pas forcément mieux. Pas quand cela voulait dire que le démon pouvait rester hors d'atteinte.

— Tu as besoin d'aide ? demanda Reba et il entendit presque son rictus dans sa voix.

Sa fierté masculine parla pour lui.

— C'est bon, j'ai la situation en main.

Ce qu'il avait, c'était surtout un profond agacement car à chaque fois qu'il s'élançait il ratait son coup, mais pas le petit diable et Gaston jura alors que son pantalon qu'il venait tout juste d'enfiler était déjà en train de fumer à cause de l'acide. Il n'avait pas non plus de potion à portée de main pour les créatures. Les démons ne pouvaient être vaincus que physiquement. Aucune magie, pas même le plus puissant des somnifères, ne fonctionnait.

— Tu es sûr que tu ne veux pas un coup de main ? le taquina-t-elle.

— Non, ça va, marmonna-t-il en serrant les dents.

Quelque chose s'écroula. Dans une autre pièce.

— C'était quoi ça ? demanda-t-il.

Mais il était presque sûr de connaître la réponse.

— Ai-je précisé qu'il y avait en fait deux trucs dans la boîte ? Je me suis d'ailleurs demandé où était parti le deuxième.

Crack.

— J'imagine que j'aurais dû le mentionner, dit-elle en haussant les épaules.

— Tu crois ?

Avec un bruit de succion presque audible, le reste du cercle magique roula et fut inhalé par la créature. Le démon sourit avec ses deux rangées de dents. Il battit des ailes.

Merde. Gaston lança son épée juste à temps pour éviter les crachats. La lame argentée réagit en émettant une lueur bleue et Reba tressaillit.

— Oooh. C'est joli. Je peux l'avoir ?

— Disons que j'en ai besoin là.

Il esquiva pour rester entre le démon et Reba, un certain instinct de chevalier le faisant prendre des risques. Non, ça ne pouvait pas être ça. Il cherchait probablement à rester la cible du diablotin pour pouvoir mieux le tuer avant que ce dernier ne saccage son appartement.

— Quelle est la meilleure façon de les tuer ?

Voilà qu'elle s'y intéressait enfin, mais c'était un peu tard.

— La décapitation c'est bien.

— Est-ce qu'il a un cœur ?

— Oui, mais il est dans leur bassin, protégé par l'os.

— Sérieusement ? Et ils ont quel goût ?

Sa remarque lui fit détourner le regard, assez longtemps pour jeter un coup d'œil vers Reba et cligner des yeux en voyant son corps nu. Il l'avait déjà vu. Cela n'aurait pas dû avoir d'importance et pourtant, il fut déstabilisé.

— Hum...

Mais il paya le prix de sa distraction. Quelque chose lui mordit la jambe et cela le brûla.

— Putain de sorcière à huit seins, tout droit sortie des enfers ! beugla-t-il.

Il donna un coup de pied, mais son mouvement ne permit pas de se débarrasser du démon qui ne lâcha pas prise, en revanche, le craquement du pommeau de l'épée contre son crâne, si. Le démon ouvrit la mâchoire avec un cri de rage et heurta le sol. Avant que Gaston n'ait le temps d'abattre à nouveau son épée ou de lui donner un coup de pied, quelque chose avec une fourrure sombre et lisse lui bondit dessus.

Reba attrapa la créature entre ses dents puissantes et secoua la tête. Le démon couina et cracha de l'acide. Gaston s'écarta du chemin. Un cri strident répondit et Reba leva la tête et la tourna vers la porte. Le diablotin dans sa bouche se tortilla violemment. Elle le recracha et quand il heurta le sol, elle le poussa du bout de la patte. Il se retourna et siffla dans sa direction.

Elle siffla en retour, ses dents étaient impressionnantes, son grognement féroce, mais était-ce de l'amusement qu'il lisait dans ses yeux ? Le démon prit la fuite et Gaston jura. Elle attendit volontairement avant de trotter derrière lui.

*Crack. Bang.* Les bruits des destructions ne lui firent pas plaisir. Quittant son bureau, il s'assura que la porte fermait bien derrière lui avant de suivre le bruit. Il pouvait au moins s'assurer que son bureau reste intact.

Le tintement du verre brisé le fit soupirer et il soupira à nouveau quand il entra dans le salon et vit que celui-ci avait été saccagé. Des plumes flottaient partout, certaines encore dans l'air, à cause d'oreillers déchirés en deux. Les coussins du canapé présentaient de grandes déchirures et leur mousse sortait de partout, la plupart étaient tachés d'un sang couleur saumâtre, du sang que Reba avait fait jaillir grâce à des coups de patte acérés. Il observa la scène pendant une minute avant de réaliser quelque chose.

— Oh bon sang, tu veux bien arrêter de jouer avec eux ?

Lui jetant un regard qui disait « Espèce de rabat-joie », elle bondit sur l'un des démons et le saisit par la tête avant de l'écraser violemment. L'autre essaya de s'envoler. Avec la magie présente dans l'appartement de Gaston, il avait désormais la taille d'un chien, mais il ne faisait pas le poids face à une lionne qui ne broncha même pas quand des gouttes d'acides firent grésiller la fourrure sur ses jambes. Après lui avoir fait craquer le cou, le deuxième démon fut neutralisé. En quelques instants, il ne resta plus que la destruction et ces flaques gluantes qui grésillaient et émettaient une odeur des plus nauséabondes.

Oh et une Reba complètement nue.

— Et ben c'était bien marrant. Et oh, mon Dieu, regarde-moi ce désordre. Il va falloir tout enlever. On dirait bien que tu vas avoir besoin d'une décoratrice d'intérieur pour t'aider à arranger tout ça.

— Tu l'as fait exprès.

Elle lui sourit d'un air impassible.

— Oui. Et tu devrais me remercier. Bon, maintenant ça te dit de me rejoindre pour la douche numéro deux ?

Il en avait envie, c'est pourquoi, à la place, il se retourna et marcha jusqu'à sa chambre.

— Je retourne me coucher.

Un plan qui ne fonctionna pas et c'est ainsi que, quelques heures plus tard, il finit par quitter son appartement pour se rendre à la morgue et non à sa boîte de nuit. Et il leur fallut plusieurs heures pour arriver à destination, car c'était ce qui se passait quand on sortait dehors avec une lionne. Les choses brillantes la distrayaient, tout comme les rayons de soleil, la nourriture, l'idée de la nourriture et en gros, tout ce qui croisait son chemin.

Malgré leur retard, il apprécia plutôt tout cela. Il vérifierait ensuite qu'il n'avait pas attrapé un virus, car il était probablement malade pour penser ça.

Étant donné que la morgue se trouvait en périphérie de la ville, il proposa de conduire. Elle accepta, mais seulement si elle pouvait conduire sa voiture.

Cela ne servit à rien de protester.

— Donne-moi les clés.

Elle tendit la main vers lui et l'autre le serra fortement, ses boules étant prises en otage. Il céda et c'est ainsi qu'il se retrouva sur le siège passager à côté de Reba qui conduisait comme une folle.

Lors d'un virage très serré, où il était pratiquement sûr que les roues s'étaient soulevées du sol, il lui fit observer sèchement :

— Nous sommes censés visiter la morgue, pas s'y retrouver.

— Qu'est-ce que tu essaies de dire ? Je conduis super bien.

— Tu n'as jamais pensé à ralentir ?

— Jamais !

— Je n'aurais pas dû t'envoyer ces fleurs, grogna-t-il.

N'y avait-il pas une histoire similaire avec une souris et un biscuit[2] ? *Si tu offres une fleur à une lionne, elle finira par croire qu'elle peut s'introduire chez toi. Et quand elle le fera, elle voudra ensuite...*

Tout ce qu'il avait à offrir.

Hiii.

---

1. Trop, en anglais
2. Histoire faisant référence à un homme qui offre un biscuit à une souris, et celle-ci lui en demande alors toujours plus.

## CHAPITRE HUIT

— Alors, qui a envoyé ces démons à ton avis ? Tu crois que ça ne les dérangerait pas d'en envoyer quelques-uns dans notre résidence ? Je sais que les filles adoreraient jouer avec.

— Tu as eu de la chance. Ces démons étaient loin d'atteindre leur pleine puissance.

— Et tu ne m'as pas dit qui les avait envoyés.

— Parce que je ne le sais pas. Le colis n'avait aucune adresse de retour.

Aucune inscription, juste une étiquette blanche adressée à Gaston Charlemagne.

— D'où viennent ces démons ? Et pourquoi est-ce qu'ils avaient l'air lyophilisés ?

— Parce qu'ils viennent d'une autre dimension. Le processus qui les envoie jusqu'ici absorbe toute leur magie. Alors ils apparaissent morts. Cependant, s'ils sont exposés à de la magie, ils renaissent.

— Comme une fleur fanée que l'on arrose.

— Dans un sens, oui. Et il ne faut pas les prendre à la légère.

— Dit le gars que l'on appelle plus communément rabat-joie.

— Tu ne sais pas à quoi tu as affaire, *chaton*.

Tony avait croisé les bras et il regardait volontairement par la fenêtre. Absolument adorable, c'est pour ça qu'elle le piquait tout le temps, pour entretenir le feu de sa colère.

— Est-ce que le petit magicien est furieux parce que le petit chat s'est occupé des démons avant qu'il ne le fasse avec sa puissante épée ?

— Je m'occuperai de toi si tu n'es pas sage.

— Quand tu veux, mon chéri. Et apporte ton épée.

Il gronda et elle se mordit la lèvre pour ne pas rigoler.

— J'attends toujours que tu me remercies.

— Merci pour quoi ? C'est toi qui les as amenés chez moi.

— Et qui m'en suis occupée.

— Seulement après qu'ils aient causé un désastre.

— Que je réparerai. À un certain prix.

Face à son regard noir, elle sourit.

— Je promets de te faire un prix d'amie.

Elle freina brusquement, car à cause du feu rouge, il lui était impossible de fuir la circulation.

— J'aimais mon appartement comme il était, grogna-t-il, pas du tout secoué.

Il avait appris à se préparer à l'impact, grâce aux feux précédents.

Comme elle n'avait actuellement pas besoin de ses mains pour conduire, elle prit ses joues et les pinça.

— Qui est un gros bébé ? C'est Tony, chantonna-t-elle.

— Ta moquerie n'est pas très appréciable.

— Tout comme mes talents de sauveuse un peu plus tôt apparemment. Un merci ne serait pas de trop. Sur mes lèvres.

Elle fit la moue dans sa direction, notamment parce qu'elle savait qu'il reculerait. C'était ce qu'il faisait d'habitude. Mais pas cette fois-ci.

Cette fois-ci, il l'attrapa par la nuque et l'attira plus près de lui.

— Tu me rends un peu fou. Ça ne devrait pourtant pas être possible.

Là-dessus, elle était totalement d'accord. Elle lui mordit le menton. Il frissonna. Assez violemment d'ailleurs, ce qu'elle prit comme un compliment. Il était normal qu'il réagisse quand elle était tout près. C'était la moindre des choses.

— Feu vert.

Elle tourna la tête et démarra rapidement la voiture. Mais apparemment, le canal de communication avait été ouvert.

— Qu'attends-tu de moi, *chaton* ?

— Je te l'ai dit, je te veux toi.

— Pour t'aider dans une enquête sur des corps disparus. C'est tout ?

— Bien sûr que non. C'est juste une excuse. Même si Arik ne m'avait pas donné d'ordres, je serais venue te chercher. Tu es intéressant et heureusement pour toi, j'ai décidé d'arrêter de lutter contre mon attirance pour toi.

Parce que, sérieusement, si elle ne capturait pas Tony, quelqu'un finirait par le faire et là, les choses pourraient devenir sanglantes. Mieux valait rajouter de la javelle sur sa liste de course.

— Laisse-moi préciser. Tu me demandes de te séduire ? Elle éclata de rire.

— Oh non. Je ne te le demande pas. Comme tu as décidé de ne pas me séduire, moi j'ai décidé de te prendre.

— De me prendre ? Qu'est-ce que ça veut dire ?

— En deux mots ? Tu te fais baiser dans tous les cas. Mais il y en a un des deux que tu préfèreras, dit-elle en souriant.

Un sourire un peu similaire à celui d'un félin affamé.
Miaou.

À en juger par le pli sur son front, il n'était pas très content.

— Je ne ferai pas partie de la liste de tes plans cul.

Ce qui sous-entendait qu'elle avait pour habitude de les rappeler.

— C'est une liste courte avec un seul nom. Le tien.

Il se raidit, et elle ne parlait pas seulement de son corps.

— Tu joues avec le feu, *chaton. Le feu, ça brûle.*

— Brûle, bébé, brûle, rétorqua-t-elle avec un clin d'œil. Avoue que tu adores ça. Nous. Regarde comme on s'amuse. Imagine comme on s'amusera encore plus quand j'aurais fait de toi mon jouet.

Il lui jeta un regard noir.

— OK, combien moi je m'amuserai. Tu sais ce dont j'ai le plus hâte ? De voir à quel point les filles seront jalouses quand elles découvriront que, non seulement j'ai capturé le type bizarre et sexy en ville, mais que j'ai aussi joué avec des démons. Même Luna ne peut pas se vanter d'avoir vaincu deux diablotins sortis tout droit de l'enfer.

— Ils ne viennent pas de l'enfer.

—Dans ta version des faits peut-être. Dans la mienne, ils ont traversé un portail spatio-temporel pour entrer dans ton appartement et te kidnapper. Évidemment, je suis venue à ta rescousse et les ai vaincus.

Puis venait ensuite le moment où Reba était censée revendiquer son trophée, mais celui-ci se faisait désirer.

— Si tu ne m'avais pas interrompu, je me serais moi-même occupé des démons et j'aurais causé beaucoup moins de dégâts dans mon appartement.

— Tu pleurniches encore pour tes meubles ?

Elle leva les yeux au ciel, mais remarqua à nouveau ce tic nerveux en haut de sa joue. Tic-toc.

— Il se trouve que j'aimais ces meubles.

— Es-tu toujours aussi coincé sous prétexte que tu es vieux ?

— Je ne suis pas vieux.

— C'est toi qui le dis. Mais regarde les faits, grand-père.

Elle lutta pour ne pas sourire alors que son tic s'accélérait.

— Les antiquités et les biens de valeur sont pour ceux qui sont coincés dans le passé et enchaînés à un seul lieu. C'est une perte de temps, car ce qui est important c'est l'instant présent.

Et l'instant présent c'était dans la voiture avec Tony, vêtue de sa tenue de rechange puisque son jogging rouge n'avait pas survécu aux démons. La jupe courte lui montait assez haut sur les cuisses quand elle s'asseyait. Il le remarqua.

— Je ne porte pas de culotte, l'informa-t-elle.

— Pourtant les démons n'ont pas sali ton string.

— Non, mais toi, oui. Tu m'excites tellement.

Elle chatouilla légèrement la cuisse de Gaston du bout des doigts avant de saisir à nouveau le levier de vitesse.

— Est-ce que tu en as pris en rechange, comme les chaussures ?

— Pour quoi faire ? Je préfère ne pas en porter.

— Eh bien, j'imagine que ça doit être plus simple pour tes lessives.

Il évita soigneusement de la regarder.

Elle se mit à rire.

— Oh, s'il te plaît. Je paye un organisme pour s'en occuper. Ces mains ne font pas la vaisselle non plus, dit-elle en les enlevant du volant – tout en allant toujours à quatre-vingt-dix kilomètres heures – et il ne broncha même pas.

Il avait de sacrées couilles.

*J'ai complètement envie de leur donner une petite tape et de les voir rebondir.* Sur son clitoris alors qu'il la prendrait par-derrière. Si seulement elle était le genre de fille qui faisait passer le plaisir avant le travail.

Le travail. La raison principale pour laquelle elle s'était rendue chez lui. Elle s'était laissé distraire un court instant – joli jouet brillant qui couine – mais elle était de nouveau sur le droit chemin. La tête sur les épaules et... ouais. Non, elle était toujours aussi excitée et il n'avait encore rien fait à ce propos.

Mais il allait finir par craquer. Elle le voyait.

— À quoi tu penses ? demanda-t-elle.

— Je ne pense pas je lis dans tes pensées, notamment que tu as vraiment envie que je te fasse jouir.

Ses mots la prirent suffisamment au dépourvu pour que la voiture change de voie, mais l'embardée rapide les empêcha de se crasher contre la voiture qui ne s'était pas écartée de leur chemin.

— C'est faux. Je ne vais pas me servir de toi pour jouir.

— Pourquoi se donner cette peine ? Il suffit de le dire et je me chargerai du travail. Je te promets que tu me trouveras inoubliable.

— Et pourtant tu es célibataire. C'est assez contradictoire.

— Peut-être que j'attends juste de trouver la bonne.

*Il attend que le destin se manifeste.*

Depuis quand est-ce que sa féline faisait confiance au destin plutôt qu'à son instinct ? Et qu'est-ce que son instinct lui disait à son sujet ?

*Revendique-le.* C'était ce qu'elle devait faire pour s'assurer que personne d'autre n'essaie de faire de même. Ses meilleures copines le convoitaient toutes, sauf Luna et Meena. Elles étaient trop occupées à reluquer le cul de leurs hommes pour se rendre compte que celui de Tony était mieux.

— Je ne suis pas juste une femme, je suis une lionne et nous n'avons pas peur de chasser et prendre ce que nous voulons, lui rappela-t-elle, laissant retomber sa main sur le levier de vitesse pour ensuite la glisser sur sa cuisse.

Bon sang, il replia son sexe vers la droite.

— Pourquoi prendre quand il suffit de demander ? Demande-moi de te faire jouir. *Demande-moi et je te ferai hurler mon nom de plaisir.*

La dernière partie de son discours fut comme une douce caresse, s'enroulant autour d'elle et plongeant en elle, comme s'il avait directement parlé à son esprit.

— Une demoiselle ne demande pas. Elle attend que le gentleman la séduise.

Elle retira sa main et fut frappée par une vague de déception.

— Je croyais que tu n'étais pas une demoiselle.

— Ça dépend de mon humeur. Mais quand je n'en suis pas une, c'est moi qui contrôle. Je ne supplierai pas. Et je ne comprends pas ton obsession avec ça.

— Tu peux appeler ça une manie. Si nous jouissons ensemble, ce sera ta volonté. Je ne veux pas qu'il y ait d'erreur par la suite. Tu ne pourras pas me reprocher ce qu'il se passe.

— Et qu'est-ce que tu penses qu'il se passera ? Est-ce que je vais avoir envie de fumer ma première cigarette ? Est-ce que je vais avoir un orgasme si fort que je vais mourir ?

Il éclata de rire, un rire fort et sincère.

— Tu as vraiment un esprit unique.

— Tout comme ma technique.

Elle saisit le pommeau du levier de vitesse et le caressa avant d'appuyer sur l'embrayage et de le remettre en place. La voiture fit un à-coup et ce fut à son tour de rire.

— Tu vas adorer ma langue.

Elle ne put s'empêcher de prononcer ces mots d'un air effronté n'ayant jamais eu à faire autant d'efforts avec un homme auparavant.

En général, il suffisait d'un sourire, d'un clin d'œil pour que les hommes lui fassent des avances – et aillent au bout des choses.

Avec Tony, c'était différent, il la taquinait sans cesse. Lui faisait croire qu'il allait la séduire et la faire fondre de façon orgasmique. Pourtant, ça ne s'était toujours pas produit. Au lieu de ça, il l'avait repoussée jusqu'aux limites de son propre contrôle, puis s'était retiré.

*Il taquine aussi bien que moi.* Elle était constamment excitée quand il était là et même quand il n'était pas là. Tony la tenait au doigt et à l'œil – et autour de sa bite – et ils n'avaient encore rien fait d'autre que s'embrasser et se peloter fugitivement.

— Juste pour que tu saches, dit-il en se penchant en avant. On m'a dit que j'avais une excellente technique orale.

Grrrr. Oups. Le grondement lui avait échappé et elle ne put s'empêche de demander :

— Avec qui ?

Le plastique crissa alors qu'elle serrait le volant.

— D'anciennes partenaires évidemment.

Des noms. Un nombre. Elle allait avoir besoin de ces informations, ainsi que d'un responsable des médias pour informer les filles que Tony n'était plus sur le marché. Jusqu'à ce qu'il la séduise au moins.

— Alors est-ce que je ferais mieux de les appeler pour avoir leurs recommandations ? Je peux trouver le numéro de mes ex si tu veux avoir des retours.

Le tic nerveux sur sa joue faillit s'échapper tellement il était violent et il se tourna pour regarder par la fenêtre.

— Je sais ce que tu fais et je ferais mieux de t'avertir que ça ne marchera pas. Je ne suis pas du genre jaloux.

— Alors j'imagine que ça ne te dérangera pas de savoir que je suis déjà sortie avec Pietro, le gars que nous allons voir à la morgue. C'est d'ailleurs notre relation passée qui lui a fait penser à m'appeler à propos de la situation.

— Comment se fait-il que votre relation appartienne au passé ?

— Ça n'a pas vraiment d'importance, non ? Puisque tu as dit que tu n'étais pas du genre jaloux.

Il pinça les lèvres, mais ne s'avoua pas vaincu – au contraire, il attaqua !

— Candy, la fille qui accueille les gens au club a un tatouage sur l'intérieur de la cuisse.

— Qu'elle crève.

Oups ? Avait-elle parlé à voix haute ?

— On est possessive ?

— Oui et bizarrement ça te concerne, dit-elle en lui jetant un coup d'œil. Ne m'oblige pas à te pisser dessus pour marquer mon territoire.

— Je serais plus qu'heureux de porter ton odeur sur moi, car ça signifiera que tu m'auras demandé de te faire du bien.

— Ce ne serait pas correct de le demander, notamment parce que je suis en train de conduire et que je pourrais avoir un accident.

Elle ricana. Elle avait appris à conduire avec Stacey. Cette pétasse aimait aller vite et savait prendre des virages serrés avec sa voiture rouge brillant.

— Es-tu en train de me dire que tu penses que mes caresses pourraient te faire perdre le contrôle ? Comme c'est flatteur.

Il jouait avec les mots. Un point pour lui. Il l'avait joliment mise en cage, alors elle joua les vicieuses et écarta les cuisses.

— C'est moi où il fait chaud et humide ici ?

— Laisse-moi vérifier.

Il ne la toucha pas, ne bougea pas un seul muscle et pourtant, elle sentit quelque chose lui chatouiller les lèvres inférieures. Une caresse fantôme. Ses jambes se fermèrent immédiatement.

Il émit un petit gloussement.

— Tu as raison. Il fait chaud et humide aujourd'hui.

— Qu'est-ce que tu viens de faire ?

Il eut un sourire suffisant.

— Je t'avais dit que je n'avais pas besoin de te toucher pour que tu ressentes quelque chose.

Elle commençait à comprendre.

— Tu as des pouvoirs magiques, c'est ça ?

Étant donné qu'elle était capable de se transformer en lionne, il n'était pas si farfelu de croire en d'autres choses.

— J'ai une certaine magie innée oui, mais la plupart de mes compétences n'en ont pas besoin.

— Alors tu es quoi ? Un magicien ? Est-ce que tu as un chapeau avec un lapin à l'intérieur ?

Et comme Meena aurait posé la question, elle lâcha :

— Et où est-ce qu'il fait caca ? Je veux dire, tu n'as pas peur quand tu portes ton chapeau que le lapin s'apprête à lâcher de petites crottes ?

— Je n'ai pas de lapin ni de chapeau, dit-il en secouant la tête. Je ne me qualifierais pas vraiment de magicien, bien que certains de mes tours soient en rapport avec l'illusion. D'autres sont basés sur l'alchimie.

— Alors quel nom te donnes-tu ?

Il évita habilement de répondre en déclarant :

— Nous sommes arrivés.

Effectivement, le bâtiment quelconque en forme de boîte ne comportait aucune publicité expliquant qu'il s'agissait de la morgue. À la lumière du jour avec ses trois étages et ses briques brunes, il ne paraissait pas imposant, mais le manque de places de parking dans le quartier posait un problème de taille. Reba parvint finalement à faire rentrer le 4x4, elle n'eut qu'à pousser légèrement les deux autres voitures pour lui laisser de la place.

— Rappelle-moi de ne pas te prêter la Jag, murmura-t-il en sortant du gros 4x4, avec ses barres de poussée à l'avant et son pare-chocs renforcé à l'arrière.

— Je préfèrerais conduire ton cabriolet Spider, remarqua-t-elle en se dirigeant vers l'arrière du véhicule et le coffre.

— Comment as-tu su que j'en avais un ?

— Il y en a qui font leurs devoirs.

Elle tendit la main vers le coffre et farfouilla dans le sac qu'elle avait posé à l'arrière. Un sac de hockey rose parfait pour transporter ses affaires. Elle attrapa une batte de baseball qui se trouvait à l'intérieur.

— C'est pour quoi faire ? dit-il en pointant du doigt sa batte en aluminium étincelant.

— C'est pour écrabouiller des têtes au cas où l'on retrouve les corps et qu'ils ne sont pas vraiment morts.

Il valait mieux être toujours préparé.

— Je ne sais pas ce qui est le plus effrayant, le fait que je comprenne ta logique tordue ou le fait que tu croies que nous allons croiser des cadavres.

— T'inquiète mon chéri, je te protègerai.

Avec un clin d'œil, elle jeta la batte par-dessus son épaule et sautilla vers le bâtiment, pour finalement se faire arrêter par la sécurité qui lui confisqua sa batte de baseball, malgré ses petites moues. Elle leur aurait bien montré son côté moins distingué, mais Tony grogna :

— Sois sage.

Et il lui donna une tape invisible sur les fesses.

Cela fit complètement flipper sa lionne, assez pour qu'elle se taise. Difficile de combattre quelque chose qu'elle ne voyait pas.

De plus, elle avait envie de visiter la morgue juste pour pouvoir dire :

— Je vois des gens qui sont morts[1].

Sauf qu'il n'y avait pas de morts, juste un type ennuyeux vêtu d'une blouse blanche.

— Où est Pietro ? demanda-t-elle en regardant autour, cherchant son ex-petit ami.

Parce que oui, elle avait vraiment envie de voir Tony péter un plomb. Et il le ferait. Elle était prête à le parier.

— Apparemment, il est parti pour une longue pause déjeuner. Je n'ai aucune idée de quand il reviendra.

— Il nous a demandé de passer et de venir jeter un coup d'œil pour cette histoire de cadavres disparus.

— Vous êtes l'une de ses amies ?

— Il n'y a pas si longtemps que ça, nous étions bien plus que des amis, murmura-t-elle en souriant de façon assez vilaine.

— Gnnng.

Soit, Tony venait de grogner, soit ils venaient de trouver leur premier mort-vivant.

Les yeux de son interlocuteur s'écarquillèrent derrière ses lunettes.

— Tu dois être Reba. Merde, tu es plus sexy que ce qu'il m'avait dit. Il va être furieux de t'avoir ratée.

— Oui, c'est dommage. Mais nous ne pouvons pas rester longtemps, les interrompit Tony. Tu peux nous en dire plus sur les cadavres disparus ?

Le type à la blouse blanche – son badge indiquait qu'il s'appelait Ennuyeux – enfin, en réalité c'était Arnold, un prénom justement ennuyeux – leur expliqua ce qui s'était passé.

— Nous avons eu un afflux soudain de cadavres non identifiables, c'est-à-dire des personnes sans papier d'identité, des corps qui n'ont pas été revendiqués par la famille et pour lesquels nous n'avons pu retrouver aucun proche. Le funérarium, chargé des enterrements de l'État – ceux couverts par le gouvernement – était censé passer les prendre aujourd'hui. Nous en avions cinq au total.

— Cinq ? Ça paraît beaucoup.

— Comme je l'ai dit, ça a été une semaine assez chargée pour eux. Quand nous avons fermé pour la nuit, tous les frigos, à part un, renfermait un corps.

Arnie désigna le mur rempli de tiroirs en métal derrière lui.

— Quand nous sommes arrivés ce matin, ils avaient disparu.

— Vous avez appelé la police ?

— Immédiatement, oui et ils sont venus prendre nos dépositions et relever des empreintes. Mais ils disent que c'est probablement juste une blague. Des étudiants qui les ont volés pour leur labo. Ils vérifient également si le funérarium est arrivé plus tôt pour les embarquer. Ils semblent penser que les cadavres finiront par réapparaître.

— Probablement en train de gémir et cherchant à manger des cerveaux.

Arnie lui lança un regard.

— Et c'est pour de telles raisons qu'ils ne veulent pas encore en faire tout un plat. La police espère qu'ils les trouveront bientôt pour que les gens ne paniquent pas.

Tony fronça les sourcils.

— Mais, ne devrions-nous pas en faire tout un plat justement ? On parle de cinq corps. Cinq corps non identifiés qui ont disparu et pour lesquels on aurait dû diffuser leur photo dans les médias pour essayer de les identifier.

Arnie haussa les épaules.

— D'habitude c'est ce qui se passe, mais bizarrement cette fois-ci non.

En d'autres mots, les autorités savaient quelque chose concernant ces corps et elles ne voulaient pas que l'information sorte.

— Comment ont-ils été tués ? demanda Reba.

Le message vocal confus que lui avait laissé Pietro ce matin ne lui avait pas appris grand-chose. « *Il se passe des trucs bizarres ici. Tu devrais venir vérifier. Des corps ont disparu. D'ailleurs, ton corps me manque encore* ».

Trop mignon. Peut-être qu'elle écouterait le message enregistré plus tard en le mettant en haut-parleur, pour Tony.

— Au début, ils semblaient tous avoir été tués de plusieurs façons différentes. Par étranglement, noyade, crise cardiaque et deux causes inconnues. Puis, on les a ouverts. Et il leur manquait tous leurs organes.

— Quelqu'un les a ouverts avant qu'ils ne meurent ?

Arnie secoua la tête.

— C'est bien ça le problème. Aucun d'eux ne présentait

d'incision qui aurait pu servir de point d'entrée pour retirer ces organes.

La question tacite : comment avait-il fait ?

—Leurs morts pourraient-elles être toutes liées ? Peut-être que le tueur les a enlevés pour cacher ses traces.

— S'ils ont été tués, pourquoi la police ne se sent-elle pas plus concernée ?

Reba avait déjà une petite idée de pourquoi ils minimisaient les choses. Beaucoup de flics n'étaient pas humains. Les métamorphes éprouvaient un grand soulagement à servir les forces de l'ordre, en parvenant à satisfaire le besoin qu'ils avaient de chasser et de poursuivre. Le fait d'avoir beaucoup d'amis métamorphes flics permettait de couvrir les incidents étranges. Ou de les ignorer totalement.

— Peut-être que les corps doivent être portés disparus pendant vingt-quatre heures avant que la police n'établisse vraiment un rapport ? Je veux dire, ce sont bien des personnes disparues, non ?

Les deux gars la fixèrent du regard. Quoi ? Ça lui paraissait logique, si l'on ignorait le fait que ces corps-là ne respiraient plus.

— Comment pensent-ils que les corps aient été retirés des lieux, quelle est la théorie ? demanda Tony.

— Il n'y en a pas. C'est techniquement impossible pour les corps de disparaître.

Secousse. La queue de sa lionne remua avec excitation. Quelqu'un avait employé le terme « impossible ».

*Je renifle un défi. Ding Ding.*

— Qu'ont enregistré les caméras ?

Oh là, là, Tony et ses questions pragmatiques.

Et elle, elle proposait de virer l'humain pour qu'elle

puisse faire bon usage de son nez – puisque personne ne voulait la supplier d'utiliser sa langue.

— Rien n'a été enregistré. Nous avons vérifié les caméras de surveillance. Personne n'est entré ou sorti de cette pièce à part Pietro et moi la nuit dernière et ce matin.

— Lequel d'entre vous était le dernier en présence des corps ?

— C'était Pietro. Il est resté tard pour travailler sur des rapports.

— Et maintenant, Pietro a disparu.

*Une longue pause déjeuner, mon cul, ouais.* Ce type n'avait pas besoin de plus de dix minutes, parfois même moins.

Alors que Tony continuait de questionner Arnie, elle fit le tour de la pièce, remarquant les portes en métal. Tirant un coup sur la poignée, elles s'ouvrirent, comme dans les séries télévisées. Derrière se trouvaient de grandes étagères que l'on pouvait tirer pour ouvrir. L'acier inoxydable paraissait vide, mais en reniflant, elle sentit l'odeur du plastique, de l'antiseptique et de trucs morts.

*Je préfère quand c'est frais.* Comme ça c'est plus juteux. Fermant les tiroirs, elle vérifia les autres, ne remarquant pas d'odeur particulière, juste un mélange propre à cet endroit ainsi que l'odeur de Pietro et Arnie.

Mais les corps disparus ne semblaient pas avoir laissé d'odeur derrière eux. Elle interrompit Tony pour demander :

— Est-ce que les whampitres viennent dans ce genre d'endroit ?

— Non. Mais quelque chose d'autre oui. Je t'en parlerai plus tard.

Plus tard. Au cours d'un autre rencard. Ce type commençait à craquer pour elle. Il ne voulait juste pas encore l'admettre.

Elle s'accroupit et jeta un coup d'œil à la petite grille au sol, un seul reniflement lui permit de comprendre que celle-ci avait déjà drainé pas mal de choses glauques. Le tuyau semblait trop petit pour permettre le passage d'un animal plus gros qu'une souris.

Il y avait des fenêtres dans la pièce, la morgue étant au troisième étage et elle en fut déçue. Un endroit qui gérait la prise en charge des morts n'avait-il pas plutôt sa place au sous-sol ? Cela gâchait totalement l'ambiance effrayante.

En revanche, les lieux sentaient comme la première fois où Pietro l'avait amenée ici. Dégoûtant avec un soupçon de répugnant. Les différentes odeurs dans la pièce l'empêchaient de se concentrer, les liquides de stockage pour les organes et les produits de nettoyage imprégnaient l'air.

*Ça sent mauvais.* Son chat leva le nez d'un air dédaigneux.

Quelle snob.

Ou... Attendez. Son chaton lui donnait-il un indice ?

Elle leva les yeux et remarqua plusieurs conduits d'aération au-dessus de sa tête.

— Où vont ces conduits ?

— Techniquement, ils traversent tout le bâtiment.

— Est-ce qu'ils s'arrêtent au niveau du sous-sol ?

— Oui, mais tu ne penses quand même pas que quelqu'un est arrivé par-là et a ensuite volé les corps de la même façon ? C'est un travail énorme, dit Arnie en secouant la tête.

— Est-ce si fou que ça ? Mon chéri, tu veux bien me donner un coup de pouce ?

Quand Arnie fut sur le point de se proposer en premier, Tony lui jeta un regard noir.

Il prit appui sur un genou et joignit les mains.

— Il a raison. C'est très peu probable.

— Pas vraiment. S'ils ne sont pas partis par la porte, il n'y a pas beaucoup d'autres options à explorer.

Elle enleva sa chaussure et plaça son pied nu dans sa paume et alors qu'il se mettait à la hisser vers le haut, elle plia son autre jambe derrière elle. Ses bras s'étirèrent pour garder l'équilibre.

Plus elle s'approchait du plafond, plus l'odeur de pourriture devenait forte. Elle mit ses mains de chaque côté de la bouche d'aération, les paumes à plat, et renifla en observant.

— On dirait bien que quelqu'un a laissé un morceau de peau derrière lui.

Le morceau de chair puait et il était difficile de sentir autre chose. Elle poussa la grille qui se déplaça au niveau du plafond, révélant un grand trou. Elle saisit les bords.

— J'y vais.

Tony agrippa son pied.

— Non, hors de question.

— Tu te rends bien compte qu'Arnie est en train de regarder sous ma jupe, n'est-ce pas ?

Ce moment de distraction permit à Reba de libérer son pied alors qu'elle se hissait à travers le conduit d'aération. *Merci à mes vingt ans de gymnastique.* Cela ne lui avait pas seulement servi à briser des os entre ses cuisses.

— Ramène tes jolies fesses ici, beugla Tony. Tu ne sais pas à quoi tu as affaire.

— Pas encore. Mais je te le dirai une fois que j'aurais trouvé.

— Reviens ici. C'est dangereux.

— J'espère bien !

Et elle se précipita, assez contente, notamment lorsqu'elle trouva le conduit qui descendait et qu'elle sauta dedans en hurlant :

— Hiiii !

Mais sa jubilation ne dura que quelques instants jusqu'à ce qu'elle atteigne le fond et dise :

— Je vois des morts.

Beaucoup de morts.

---

1. Référence au film Le Sixième Sens

## CHAPITRE NEUF

Le cri lointain galvanisa Gaston.
— J'appelle les secours ! s'exclama Arnold, la respiration sifflante et saccadée.

Les flics ? Pas pour ce genre de situation.

— Derrière toi ! dit Gaston en pointant quelque chose du doigt.

Et quand le gardien de la morgue se retourna pour regarder, il le frappa de plein fouet, le faisant tomber par terre. Arnold se réveillerait probablement avec une migraine, s'imaginant qu'on l'avait attaqué. En attendant, Gaston serait parti depuis longtemps, car il s'en allait tout de suite. Seul. Apparemment, son corps n'avait pas reçu l'info et il ne l'écouta pas, car au lieu de fuir par la porte d'entrée, il partit chercher Reba.

— Ce que je ne ferais pas pour elle.

Et seulement pour elle. Pour n'importe qui d'autre, il se serait dit « bon débarras ». Mais n'importe qui d'autre n'aurait jamais pu quitter son appartement en vie après la bagarre avec les démons.

Gaston doutait pouvoir se faufiler aussi facilement qu'elle dans les conduits.

De plus, il savait très bien à quoi ils étaient confrontés et ceux-ci n'aimaient pas la lumière du jour. Il prit les escaliers pour descendre, principalement parce que les lumières du bâtiment clignotaient et qu'il ne faisait pas confiance à l'ascenseur. Lorsqu'il arriva au rez-de-chaussée, il se glissa derrière la cage d'escalier et remarqua une porte avec l'inscription « Réservé au personnel ». Le verrou ne fut pas un obstacle. Il y avait des outils que Gaston emportait toujours avec lui dès qu'il sortait.

Il ouvrit la porte et emprunta ensuite un escalier en métal dont les marches étaient perforées et bruyantes. Lui qui aurait voulu s'approcher furtivement, ça tombait à l'eau. D'habitude, il essayait de se cacher et cherchait à maîtriser la situation, mais vu le nombre de goules dans l'espace utilitaire du sous-sol, il n'était pas envisageable de perdre du temps surtout que les créatures semblaient toutes intéressées par Reba. Elle, en revanche, semblait ignorer le danger et tentait de discuter avec l'une des goules.

— Enfin, tu reviens de ta pause déjeuner, Pietro, c'est pas trop tôt. M'appeler pour finalement ne pas être là était très vilain de ta part.

— Gnghgngg.

— Ne me grogne pas dessus. Je suis une femme moderne. Je ne cède pas à ces tactiques d'homme des cavernes.

*Paf !* Elle pivota pour frapper la main d'une goule qui s'approchait.

— Je ne t'ai pas donné la permission de me toucher. Ne

m'oblige pas à t'arracher un bout de peau comme je l'ai fait avec ton ami.

Elle choisit ce moment pour croiser le regard de Gaston, elle ne semblait absolument pas inquiète et son sourire paraissait sincère.

— Ah, te voilà mon chéri. J'espérais que tu viennes me retrouver. J'aimerais te présenter Pietro, mon ex.

— Grlggng.

Pietro loucha d'un œil en direction de Gaston et gémit. À vrai dire, toutes les goules gémirent et se tournèrent vers lui.

— Tu devrais soigneusement contourner les goules et te mettre derrière moi, expliqua-t-il d'un ton très calme.

— Quand tu dis goules, tu veux dire comme des morts-vivants zombie ?

— Je veux dire comme un zombie plus intelligent et plus fort que la moyenne.

Et surtout, il n'avait pas son épée sur lui. Heureusement qu'il avait plus d'un tour – littéralement – dans son sac.

— Est-ce que c'est parce que Pietro est désormais une goule que tu n'es pas plus jaloux que ça de nous avoir trouvés ensemble ?

— Il n'y a pas de quoi être jaloux. Tu me veux. Tu es juste trop poule mouillée pour l'admettre.

— Je ne suis pas une poule mouillée. Je t'ai déjà dit que j'ai l'intention de te prendre. C'est toi qui n'éprouves pas le désir de me sauter dessus.

— Peu importe. Ne regarde pas ma main, ordonna-t-il.

L'amulette tomba de sa manchette et pendait sur une

chaîne en argent. Le bijou aux multiples facettes tournoya avant de se balancer comme un pendule.

— Oooh, c'est brillant.

Les goules ne furent pas les seules stoppées dans leur élan. Reba recourba les lèvres alors qu'elle observait l'amulette en mouvement.

Il fallait qu'il la fasse sortir. Les humains n'avaient besoin que d'une égratignure ou d'une morsure de goule pour se transformer en ces zombies qui fascinaient tant Reba. Il ne savait pas si cette même infection s'appliquait aux métamorphes, mais il n'avait pas envie de le découvrir.

La bonne nouvelle, c'était que les goules étaient toutes récentes et donc pas encore trop contagieuses ou dangereuses, d'autant plus que leur premier instinct était d'abord de faire leur nid. Mais au fur et à mesure qu'elles se transformeraient en ces créatures, elles finiraient par convoiter la chair des êtres vivants.

*Personne ne mangera Reba à part moi.*

— Mets-toi derrière moi, *chaton*.

L'amulette commençait à perdre de son attrait. Certaines goules clignèrent des yeux, leurs orbites noires absorbant la lumière émise par la pierre.

Il pensait qu'elle l'ignorerait à nouveau, mais elle se glissa derrière lui, esquivant un coup de griffes au dernier moment.

Des bras minces s'enroulèrent autour de lui par-derrière.

— Et maintenant, mon chéri ?

Maintenant, on fait de la magie. Glissant son doigt sur son anneau, il ouvrit un fermoir caché. De la poudre se déversa dans sa paume. Il leva la main et souffla, dispersant les particules de poussière tout en murmurant un mot magique :

— *Kraahk.*

L'air s'enflamma, tel un rideau d'un blanc éclatant. Il attrapa la main de Reba et la tira en direction des escaliers.

— Monte et ne sois pas lente !

Car les goules étaient sur le point d'être très en colère.

C'était un euphémisme. Des cris très mécontents et inhumains éclatèrent. Reba courut vers les escaliers et les gravit, ses pieds nus prenant appui. Il relâcha sa main au lieu de la suivre. Il pivota et fit face aux créatures en feu qui le suivaient en boitant. Les flammes ne les tuaient pas, mais arrachaient la peau humaine de leurs corps encore en transformation.

Une peau pâle et épaisse émergea, striée de suie sombre. Les flammes ne les touchaient pas ni ne les brûlaient. Il allait devoir avoir recours à une autre tactique pour les arrêter.

— Active l'alarme incendie, ordonna-t-il quand Reba atteignit le haut de l'escalier.

Quand l'alarme se mit à retentir, il agita quelque chose dans sa main. Il s'agissait d'une petite sphère, jaune vif et solide. On aurait dit une boule de gomme.

Il la jeta en direction de Pietro, mais les réflexes du type étaient trop lents pour qu'il puisse l'attraper. La boule rebondit sur le torse du gars. Il était temps de sortir d'ici. Gaston courut dans les escaliers en hurlant :

— Sors !

Apparemment, elle avait quelques problèmes d'écoute. Elle l'attendit en haut des escaliers et ensemble ils refermèrent la porte sur les premières goules qui avaient atteint les escaliers. Contrairement aux zombies, les goules savaient comment escalader. Avec le verrou qu'il avait cassé, la porte ne resterait pas fermée longtemps. Mais pour ça, il ne pouvait rien faire. Il n'était pas envisageable de rester dans les parages.

Une fois de plus, il attrapa Reba par la main, la tira hors de la cage d'escalier, tombant sur le gars de la sécurité dans le hall, qui criait dans son talkie-walkie.

— Bougez de là ! hurla Gaston en les faisant sortir par la porte d'entrée du bâtiment.

Ils tombèrent sur une petite foule d'employés. Vu l'heure tardive, ils étaient peu nombreux.

— Baissez-vous, imbéciles !

Le compteur interne dans sa tête atteignit le zéro et il tira Reba vers le sol en la protégeant avec son corps. Pour une fois, elle ne protesta pas.

D'abord, le sol se mit à trembler, puis ils entendirent des bruits de craquement et de choses qui se brisaient. D'autres grondements suivirent alors que le bâtiment qu'ils venaient de quitter implosa, trois étages de briques, de métal et plus encore s'effondrèrent, écrasant tout ce qui restait à l'intérieur.

Notamment les goules.

## CHAPITRE DIX

— Non, nous n'achèterons pas d'arbalètes pour tout le monde, dit Arik qui était un vrai rabat-joie.

Tellement injuste. Reba laissa retomber ses mains sur le bureau, agacée que son roi n'arrête pas de rejeter ses propositions brillantes.

— Très bien, ne commandez pas les arbalètes et les lance-flammes. Mais ne rejetez pas ensuite la faute sur moi quand vous n'aurez rien pour combattre les morts-vivants. Je les ai vus et ils ne sont pas très appétissants.

Les démons qu'elle avait mâchouillés avaient plutôt mauvais goût, et ces goules qu'elle avait rencontrées la veille avec Tony étaient encore pires. Et oui, elle le savait puisqu'elle avait mordu la première qui avait essayé de l'attraper quand elle était sortie de la bouche d'aération. Tout le whisky du monde ne pouvait atténuer ce goût dans son palais.

Et cela n'aidait pas que depuis que Tony l'avait appris, il ne cessait de lui demander comment elle se sentait. Elle se sentait bien, jusqu'à ce qu'il l'ait énervée en refusant de l'embrasser pour lui souhaiter bonne nuit quand elle l'avait ramené chez lui. Il ne l'avait même pas invitée à monter.

*Probablement parce que j'ai une haleine de goule.*

Tant pis pour lui. Tout comme pour elle qui n'avait pas réussi à garder son calme quand elle avait essayé d'expliquer à Arik, son patron, que ces drôles de morts-vivants qui n'étaient pas des zombies pouvaient créer des zombies et qu'ils perdaient leur peau quand ils étaient mûrs. On pouvait les tuer et pour cela il n'était pas toujours nécessaire de faire s'effondrer un bâtiment sur eux.

*Même si c'était sacrément génial.* Tony avait plus d'un secret cool dans son sac. Et un encore mieux caché dans son pantalon. Penser à Tony était bien plus intéressant qu'écouter Arik qui la sermonnait.

— Bla, bla, bla, fait profil bas – pff, bien sûr – ne détruit pas d'autres bâtiments qui appartiennent à la ville.

Comment gâcher son plaisir.

— Ne sors pas avec Charlemagne.

Trop tard, Reba l'avait dans sa ligne de mire.

Arik aurait vraiment dû garder sa salive. Tout ce qu'il faisait, c'était de lui lancer des avertissements ennuyeux qu'elle n'avait pas l'intention d'écouter. Puis, Arik aggrava son cas en refusant de prendre en compte la liste d'armes qu'elle lui avait recommandée – une liste qu'elle avait établie après avoir religieusement regardé *The Walking Dead*[1]. Même si elle devait reconnaître que la masse à pointes était entièrement son idée.

*Clac.* Arik claqua des doigts devant elle.

— Concentre-toi.

— C'est ce que je fais. Tu veux me gâcher tout mon

plaisir, dit-elle en faisant la moue, mais cela ne fonctionna pas sur son patron.

— Je veux que tu sois prudente. On dirait qu'il se passe de drôles de conneries dans notre ville et je ne veux pas qu'on s'implique plus que nécessaire.

— Mais on est obligé de s'impliquer puisque cela se passe sur notre territoire.

— C'est pourquoi nous allons continuer à surveiller tout ça. Tu as dit que Charlemagne avait reconnu ces créatures.

— Comme je te disais, on les appelle les goules. Elles sont créées à partir d'un rituel magique et si l'on se fait mordre ou griffer par une goule adulte, on se transforme en zombie.

— Et avant ces goules, on avait ces hommes chauves-souris qui mangeaient des gens.

— N'oublie pas les démons que j'ai pulvérisés.

— Je vois un schéma émerger et tout semble se concentrer autour de Charlemagne.

— Je sais. C'est genre le petit ami le plus cool de tous les temps.

Elle réalisa trop tard ce qu'elle venait de dire à voix haute. Peut-être qu'effectivement il fallait qu'elle arrête de parler sans filtre, mais dans ce cas-là, elle ne susciterait pas une telle consternation chez son patron.

— Petit ami ? dit Arik en fronçant les sourcils. Qu'est-ce que j'ai dit sur le fait de ne pas sortir avec lui ?

— Qu'il ne fallait pas que je me fasse prendre ?

Enfin, non ça, c'était ce qu'il avait recommandé à Luna.

Le roi du clan soupira et se laissa retomber dans son fauteuil.

— Je suppose qu'il est inutile de te dire de rester loin de Charlemagne.

— Mais il est intéressant.

— J'aurais dû le faire tuer dès qu'il est arrivé ici, murmura le roi lion.

Sauf qu'Arik n'était pas un tueur. Du moins jamais de façon gratuite. Il savait que pour éviter au clan d'avoir des ennuis, il ne devait pas en causer non plus. Ou au moins, ne pas causer de problèmes insolites.

— Je ne crois pas que Tony soit celui dont on doit s'inquiéter.

Mais elle en revanche se faisait du souci pour lui. Après tout, quelqu'un avait envoyé des démons chez lui. Elle allait devoir garder un œil sur lui, c'est pourquoi, moins de trois heures plus tard – un record compte tenu du temps qu'il lui fallait habituellement pour choisir et prendre des vêtements – elle fut en chemin pour le hall de la résidence appartenant au clan, plusieurs valises derrière elle – seulement trois puisque c'était le week-end. Elle ne passa pas inaperçue.

L'espace principal était occupé par des canapés et sur ces canapés se tenait un groupe de lionnes – sous leur forme humaine. Leur alpha leur avait dit qu'il ne pouvait pas y avoir de chattes en public quand le service de contrôle de la faune sauvage était venu pour la troisième fois, cherchant des lions et des tigres.

— Où est-ce que tu vas ? demanda Melly en se relevant et en appuyant son menton contre le haut du canapé pour la regarder.

— Je vais passer le week-end chez mon petit ami.

Plusieurs : « Oooh » retentirent. Et quelqu'un tomba du canapé.

— Certaines d'entre vous ont probablement déjà entendu parler de lui. Gaston Charlemagne.

Et oui, elle adorait la façon dont son nom roulait sur sa langue. Une fois qu'il arrêterait d'être aussi têtu, il finirait par la sentir. Mais malgré ses railleries, elle ne céderait pas en premier. C'était à l'homme de séduire la femme. Elle aurait juste aimé qu'il se dépêche avant que ses parties intimes ne se ratatinent et meurent.

— Depuis quand tu sors avec le vampire ?
— Ce n'est pas un vampire, commença-t-elle.
— Dommage pour toi.
— Mais un sorcier, conclut-elle.
— Il ne ressemble pas à Gandalf, observa quelqu'un.
— Il doit avoir une sorte de baguette magique, ricana une autre.

Reba sourit.

— Oh, bébé, si tu voyais la taille de sa baguette. Et elle est magiquement délicieuse.

En leur soufflant des baisers, elle quitta le groupe. Elles savaient qu'il faudrait suivre la suite des événements sur Twitter.

Comme elle n'avait pas de véhicule – celui-ci avait été mis à la fourrière dans le cadre d'une enquête sur le vol d'un échantillon d'ancienne herbe à chat séchée au musée de la botanique – elle héla un taxi. Le chauffeur la déposa devant le bâtiment de Tony. Ce dernier ne l'attendait pas.

Peut-être qu'après tout il ne lisait pas vraiment dans les pensées.

Plaquant sa carte contre le lecteur – le prix qu'elle avait payé à la hackeuse pour obtenir la clé magnétique plus le code valait bien le prix de son sac Louis Vuitton. Les services de Melly n'étaient pas donnés – elle parvint à porter et placer ses bagages dans l'ascenseur. Puis, elle les déplaça brutalement jusqu'à la porte de son appartement. Au moins, Tony n'avait pas pris la peine de changer la serrure, mais elle remarqua qu'il avait décoré les murs qui bordaient l'entrée de son appartement avec des spirales de peinture rouge, des taches violentes et d'étranges lettres, les inscriptions encore humides.

Pour quelqu'un qui n'aimait pas la couleur, c'était réussi... Elle se demanda quand il avait fait ça. Comme il était tôt dans la soirée et que les lumières étaient allumées de l'autre côté de la porte, elle chantonna :

— Mon chéri, je suis là !

Que le jeu de la séduction commence.

Elle entra dans son appartement pour finalement s'arrêter net. Cela n'avait rien à voir avec les lieux qui étaient aussi impeccables que la première fois qu'elle les avait vus. Ce qui la perturbait, c'était cette femme qui se tenait près de la fenêtre, une femme magnifique qui se retourna en voyant Reba et lui sourit. Un sourire très doux, pour une fille petite à l'air éthéré qui, lorsqu'elle lui demanda :

— Vous êtes qui, bordel ?

Lui répondit :

— Je suis Vivienne, la fiancée de Gaston.

---

1. Série télévisée

## CHAPITRE ONZE

— Tu l'attends encore.
— Non, c'est faux.

Mensonge. Gaston attendait clairement Reba et s'attendait à ce qu'elle apparaisse. Une partie de lui voulait vraiment qu'elle vienne le retrouver. Ils s'étaient quittés si brutalement la nuit précédente, surtout parce qu'il avait besoin de rassembler quelques affaires dans son bureau pour pouvoir faire face aux goules surprises qui auraient pu survivre à l'effondrement du bâtiment. La nuit avait été longue, il l'avait passée à se cacher des premiers secours, scrutant les ruines de la morgue et s'assurant que rien ne rampait sous les débris.

Au fond, quand il rentra chez lui, il s'attendait à la retrouver dans son lit. Mais celui-ci s'avéra vide. Il eut donc le sommeil léger, s'attendant à ce qu'elle le réveille à tout moment. Il passa une bonne partie de la nuit et de la matinée à s'endormir et à se réveiller. Mais elle ne vint pas.

Elle n'appela même pas.

Lorsqu'il se rendit au club, il vérifia par-dessus son

épaule, certain de l'apercevoir en train de le suivre. Les lionnes étaient connues pour leur talent de filature. Hélas, personne ne lui bondit dessus. Personne ne le chassa.

*Elle n'allait quand même pas abandonner si vite, si ?* Cela lui parut suspicieux et il parvint presque à se justifier de la chercher de son côté alors que les heures défilaient et qu'il ne l'apercevait toujours pas.

*Ne me dites pas qu'elle en a assez de moi.* Il ne le permettrait pas. Il ne pouvait pas. Entre ses rêves et la vraie vie, il était devenu très investi pour Reba. Il ne pouvait pas vivre sans elle et cette réalité simple, une réalité qu'il ne pouvait pas ignorer, mit quelque chose en évidence. Elle l'avait ensorcelé. C'était évident, ou bien il avait inhalé quelque chose qu'il n'aurait pas dû, c'est pourquoi il se retrouvait désormais obsédé par cette femme.

Gaston Charlemagne ne courait pas après les femmes. Pas même cette femme-là. Peu importe à quel point elle l'attirait. Peu importe le nombre de fois où il la pourchassait et l'attrapait dans ses rêves.

Comment lutter contre son charme ? Quand elle était près de lui, elle brillait trop fort pour qu'il l'ignore. Alors il essaya de se focaliser sur les choses qu'il n'aimait pas.

C'était une féline. Des créatures terriblement arrogantes, toujours en train de perdre leurs poils et de faire leurs griffes sur le mobilier en bois. Un chat qui ronronnerait probablement si on le caressait correctement.

Et le fait qu'elle n'ait pas de bon sens ? Faire face à des goules comme si elles n'étaient que des parasites ordinaires, allant même jusqu'à les croquer. Sa nature intrépide la rendait d'autant plus désirable.

Tout comme son absence le rendait encore plus

anxieux. Cela faisait désormais vingt-quatre heures – non, il n'avait pas compté. Il ne voulait pas céder en la trouvant en premier. Il croyait sincèrement qu'elle viendrait à lui. C'est pourquoi il avait envoyé une note à son personnel pour qu'elle puisse entrer dans le club sans attendre. Pas la peine de se mettre en travers de son chemin. Ce que Reba voulait, elle l'obtiendrait.

Mais si seulement elle le voulait lui autant qu'il la voulait elle.

Plus ils passaient du temps ensemble, plus il éprouvait du désir pour elle, mais cela allait de pair avec sa consternation. Il n'avait pas le temps pour ce genre de complications. Les signes trahissant la présence de son ennemi se multipliaient autour de lui. Tout ça finirait par être de plus en plus violent.

Comme si la menace de la violence allait dissuader Reba.

*Bang.* La porte de son bureau s'ouvrit en grand et heurta le mur. Une Reba très énergique se tenait là, dans l'encadrement de la porte, sa robe courte et jaune moulait son décolleté avant de s'évaser en cloche sur sa silhouette. Elle portait des sandales romaines, les lacets s'entrecroisant sur ses mollets. Pouvait-il déclarer forfait maintenant et se jeter à ses pieds pour la vénérer ?

Reba agita un doigt dans sa direction.

— N'essaie pas de me caresser du regard, mon chéri. Je suis très en colère contre toi. Je croyais qu'il se passait quelque chose entre toi et moi.

— C'est le cas, oui.

Même si ça n'aurait pas dû – disons ne pouvait – pas être le cas.

— Ne le nie pas – attends. Tu viens d'approuver ?

— Il se passe quelque chose entre nous, *chaton*. Le fait de mentir ne va pas le faire disparaître.

— C'est drôle que tu parles de mensonges, parce que ça me rappelle justement pourquoi je suis si énervée contre toi. J'ai dit à mes copines que je passais le week-end chez toi, mais…

— Attends une seconde, tu viens loger chez moi ? Quand est-ce que cela a été décidé ?

— Après ma réunion avec Arik, il a été déterminé que…

— Par ton roi lion ?

— Non, mon chéri, par moi, que je dois te garder à l'œil parce qu'il se passe des choses étranges autour de toi. Et tu as également des secrets que j'ai l'intention de découvrir.

— Un homme ne dévoile jamais tout.

Les secrets, c'était le pouvoir.

— Ouais, ben tu aurais dû dévoiler que tu n'étais pas libre, dit-elle en pinçant les lèvres, alors que ses yeux scintillaient.

— De quoi tu parles ?

— Ne fais pas l'innocent. Tu veux bien m'expliquer qui est Vivienne ?

Le prénom le frappa comme une gifle.

— Où as-tu entendu ce prénom ?

— De la bouche de cette garce.

Le sang quitta son visage.

— Tu l'as rencontrée ?

— Oui, je l'ai rencontrée. Une toute petite chose blonde. Assez chétive si tu veux mon avis. Je me serais attendue à ce que ta maîtresse soit plus robuste.

— Où l'as-tu vue ?

— Elle se mettait à l'aise chez toi. Tu n'as jamais mentionné que tu avais une fiancée.

— Parce que j'ai mis fin à la relation il y a bien longtemps.

Puis il avait passé les décennies suivantes à traquer ses cachettes et à les brûler. Œil pour œil. Dent pour dent. Sauf qu'elle semblait s'échapper à chaque fois. Alors il la trouvait, encore et encore. Ou bien elle le trouvait et faisait comme si Gaston était encore jeune stupide et amoureux.

— Est-ce que t'es en train de me dire que cette chienne te harcèle ? dit Reba dont le visage s'illuminait soudain. Là, ça prend une autre tournure. Ne t'inquiète pas. Je vais t'arranger ça, mon chéri.

Reba pivota, sa jupe vive tourbillonna, dévoilant en partie ses fesses rondes et moka.

Il cligna des yeux en réalisant ce qu'elle proposait.

— Non !

Il tendit la main et même s'il se tenait à l'autre bout de la pièce, la porte se referma et resta fermée, malgré les efforts de Reba qui tirait dessus.

Un feu couleur ambre s'alluma dans ses yeux alors qu'elle pivotait pour grogner :

— Laisse-moi sortir. J'ai une petite souris blonde à attraper et avertir.

— Laisse-moi m'occuper de Vivienne.

— Tu te souviens quand je t'ai dit que j'étais du genre jalouse ? dit Reba en faisant un pas vers lui. Je n'exagérais pas. Je suis super possessive. Notamment en ce qui te concerne. Donc je pense qu'il est juste de te prévenir que je vais raser la tête et les sourcils de ton ex. Ensuite, je vais lui expliquer, probablement avec mes poings, que tu n'es pas disponible. Je ne partage pas mes petits copains.

— Depuis quand je suis ton petit ami ? dit-il en faisant lui aussi un pas vers elle. Est-ce que tu comptes enfin me supplier de te procurer du plaisir ?

— J'y pensais, mais je me suis dit que tu n'étais pas loin de me séduire.

Son petit clin d'œil faussement timide faillit le faire capituler.

— Tu ne me contrôles pas, *chaton*.

— Tu es sûr de ça ?

Elle se promena dans la pièce, pour finalement s'adosser à la vitre, les lumières stroboscopiques de l'autre côté éclairaient et projetaient à la fois des ombres sur sa silhouette.

Reba l'avait clairement hypnotisé. Son regard suivait le moindre de ses mouvements. Quelque chose de dur chez lui palpita, le besoin de s'enfoncer en elle s'accentuant.

À cet instant, il eut envie d'être ce libertin qu'elle voulait. De la couvrir de baisers jusqu'à ce qu'elle fonde, puis de taquiner sa chair douce jusqu'à ce qu'elle se disloque dans ses bras. Il avait enfin atteint son point de rupture.

Et pourtant...

La séduction allait devoir attendre. Le jeu qu'il jouait avec Vivienne avait atteint un autre niveau. À partir de maintenant, cela devenait dangereux. Ce qui l'étonnait, c'était que Reba avait échappé aux griffes de Vivienne.

— Si tu as vu Vivienne chez moi, comment se fait-il que tu sois ici ? Elle ne t'aurait jamais laissée partir comme ça.

Vivienne n'était pas du genre à ne pas s'attaquer à lui si l'occasion se présentait.

— À vrai dire, elle m'a encouragée à partir. Elle m'a dit de te transmettre son affection et de te dire qu'elle attendait vos retrouvailles avec impatience, dit Reba en tordant les lèvres. Rien que pour ça, j'ai failli t'apporter son cœur, mais les autorités désapprouvent le transport d'organes en ville, notamment s'ils ne sont pas dans une glacière spéciale destinée à la transplantation. Et non, je ne compte pas t'expliquer comment je sais ça, dit-elle avec un ton inquiétant.

Alors comme ça, Vivienne l'avait laissée partir. Quel complot sournois avait-elle mis en place ? Car son ancienne maîtresse n'était pas connue pour sa gentillesse. Surtout envers les amies de Gaston.

— Qu'est-ce que tu faisais chez moi ?

Pas la peine de lui demander comment elle était entrée. Apparemment, les serrures n'étaient pas un obstacle.

— Je te l'ai déjà dit. J'apportais mes affaires pour le week-end.

— Sans me demander d'abord la permission ?

Elle leva les yeux au ciel.

— Ça aurait gâché la surprise. Vu tous les trucs marrants qui se passent dernièrement, et je ne parle pas seulement des goules et des démons, je me suis dit qu'il valait mieux que je reste près de toi.

— Près à quel point ? demanda-t-il, s'avançant vers elle tout en sachant qu'elle ne portait probablement pas de culotte sous cette jupe, mais il éprouvait quand même le besoin brûlant d'aller le vérifier.

— Aussi près que possible. C'est-à-dire peau contre

peau. J'ai oublié mon oreiller géant alors je comptais me servir de toi pour dormir.

— Dormir ? Tu penses vraiment que nous allons beaucoup dormir en étant ensemble dans mon lit ?

Il s'arrêta devant elle, tel un homme envoûté. Son odeur de vanille et de cannelle chatouilla ses sens et les mains qu'il posa sur ses hanches prirent pleinement ses courbes.

— Qu'est-ce que tu fais ? murmura-t-elle d'une voix rauque.

Il la séduisait, chose qu'il s'était juré de ne pas faire. Mais il ne pouvait pas s'en empêcher. Il l'attira vers lui et commença à se balancer.

— Je danse avec toi.

— On entend à peine la musique.

Effectivement, l'insonorisation permettait de ne faire pénétrer qu'une faible pulsation des basses. Il s'en fichait. La chanson sur laquelle il voulait danser avec Reba, eh bien il l'avait dans le sang.

— Ferme les yeux et imagine-la.

L'une de ses mains était posée dans le bas de son dos tandis que l'autre tenait sa nuque, l'attirant encore plus près.

— Sens-la pulser en toi. Un rythme régulier, dit-il berçant son corps contre le sien. Tu la sens ?

Reba enroula ses mains autour de sa taille et ses pouces s'enroulèrent autour de sa ceinture, son entre-jambes pressé contre la sienne, ondulant de manière délicieuse.

— Ouais, je la sens.

Comment pouvait-elle l'ignorer ? Son érection pulsa, suivant son propre chant rythmique. Se balançant au rythme d'une chanson que seuls leurs corps pouvaient entendre, ils dansèrent lentement, pressés l'un contre l'autre, se balançant et bougeant, la chaleur qu'il y avait entre eux ne faisant que s'accentuer. Elle leva la tête, ses yeux à moitié fermés rencontrèrent les siens, ses lèvres humides étaient comme une invitation.

Il n'était pas question de séduction s'il embrassait ses lèvres qui s'offraient à lui, non ? Il effleura sa bouche, la plus légère des caresses. Son souffle chaud et erratique lui répondit et les doigts de Reba s'enfoncèrent dans ses hanches.

Ils luttaient tous les deux terriblement pour garder le contrôle, et pour quoi ? Pour qu'il puisse passer une nuit de plus à avoir la couille bleue et à dormir dans un lit vide ?

— Oh et puis merde.

Le juron franchit ses lèvres et il la fit tournoyer jusqu'à ce qu'il puisse presser son dos contre la vitre. Une fois qu'elle fut fermement appuyée dessus, il arrêta de jouer et l'embrassa vraiment. Il l'embrassa avec avidité. Passionnément. Leurs dents et lèvres s'affrontèrent dans un duel de souffles chauds.

Alors qu'un grognement s'échappait de Reba, la pièce se mit à tourner et il fut celui qui se retrouva plaqué contre la vitre, la bouche gourmande de Reba suçant sa lèvre inférieure.

— Qu'est-ce que tu fais ? demanda-t-il.
— Je te prends.
— Trop tard. Je t'aurai en premier.

Il saisit ses cheveux incroyables et sauvages dans sa main, écrasant leurs ondulations craquantes dans son poing alors qu'il la penchait en arrière pour pouvoir mordiller la peau de son cou.

Elle poussa un gémissement de plaisir rauque, puis murmura :

— Le feu.

Oui, c'était le feu. Il brûlait de désir pour elle. Celui-ci dansait, aussi chaud qu'une flamme.

Et pourtant, elle se refroidit, son corps se crispa, perdant sa sensualité souple et les mots suivants tuèrent le peu d'ardeur qu'il lui restait.

— Mon chéri, ton club est en feu.

Quoi ? Il rompit leur étreinte pour regarder par la vitre et aperçut la lueur orange des flammes, pour le moment contenues dans les poubelles qu'il avait fait répartir un peu partout dans le club. Rien de grave. Son personnel se chargerait de les éteindre.

L'une des poubelles en feu avait été renversée et le feu liquide, provoqué par l'alcool, s'enflamma en se répandant sur le sol. Il ne pouvait pas entendre le craquement ni sentir la fumée, mais il pouvait voir l'effet que suscitait le feu en voyant les bouches grandes ouvertes, les cris silencieux alors que les gens remarquaient le danger, puis la panique sur leur visage, notamment lorsque les flammes trouvèrent des combustibles. Des boissons renversées, des serviettes jetées par terre, il n'en fallait pas beaucoup pour nourrir l'un des éléments les plus mortels.

Les alarmes incendie se déclenchèrent, avertissant en hurlant les clients et le personnel afin qu'ils sortent. Les extincteurs à eau s'activèrent, trempant la moitié du club. L'autre moitié, celle où il se trouvait avec Reba, brûlait toujours.

Toujours le feu. C'était l'œuvre de son ennemie.

— Je vais émettre une supposition et dire que c'est l'œuvre de ton ex-petite amie, s'énerva Reba. Je vois qu'elle est tout aussi terrible que mes copines qui me cassent toujours mon coup. Quel culot ! Interrompre une fille avant même qu'elle n'ait terminé.

— Nous avons peut-être des problèmes plus graves que notre plaisir.

La fumée tourbillonnait derrière la vitre de son bureau et même si elle ne s'était pas encore glissée à l'intérieur, ils allaient devoir rapidement sortir sinon ils risquaient de se retrouver carbonisés.

— Ne t'inquiète pas, mon chéri. Je vais te sauver.

Elle partit ouvrir la porte pour finalement crier en éloignant sa main de la poignée.

— C'est chaud !

Probablement parce que les flammes léchaient déjà les escaliers, le bois et le métal ne faisaient pas le poids face à un feu déterminé. La fumée ondula à l'intérieur de la pièce, étouffante et épaisse. Ses yeux s'humidifièrent et même son *chaton* coriace se mit à tousser.

Il ne comptait pas mourir aujourd'hui et Reba non plus.

Descendre par les escaliers n'était pas une option. Même s'ils parvenaient à contourner les flammes vacillantes jusqu'en bas, il doutait qu'ils puissent sortir avant que le bâtiment ne s'effondre. Le métal grinçait et gémissait déjà. Puis le verre éclata. Il leva les yeux vers la lucarne noircie par la peinture, sauf la partie qui avait été brisée. Jean-François pointa le bout de son nez et repéra Gaston à travers la fumée épaisse et tourbillonnante qui cherchait à s'échapper.

— Attrape.

Il jeta un morceau de corde et Gaston le saisit d'une main. La galanterie disait « les dames d'abord ». Et l'instinct de survie disait « Sauve-toi ».

— Accroche-toi à moi, lui dit-il, enroulant la corde autour de son avant-bras. Il n'eut pas besoin de le lui dire deux fois. Reba s'agrippa à lui, les bras autour de son cou, les jambes autour de sa taille – effectivement, elle ne portait pas de culotte. Les escaliers grincèrent et le sol se balança sous ses pieds.

Il plongea et pendant un moment, ils restèrent suspendus en l'air, puis la gravité tenta de les aspirer vers le bas.

La secousse dans son bras lui fit serrer les dents. La douleur était intense. Mais il avait déjà vécu la douleur auparavant.

Il souffla un mot magique :

— *Luuxkaeli*.

Immédiatement, la pression sur son bras s'atténua et ils montèrent rapidement ; JF les tirant vers le haut à travers la lucarne.

— Joli timing, reconnut-il alors qu'il trouvait enfin appui avec ses pieds.

— Tu me paieras un verre plus tard. Il faut qu'on bouge.

Ils durent sprinter sur le toit pendant que le bâtiment tremblait, notamment lorsque le feu atteignit tout l'alcool disposé derrière le bar et que les bouteilles se mirent à exploser

Jean François sauta en premier sur le toit suivant, battant des ailes, ce qui lui permit de prolonger son saut. Il se retourna et fut prêt à rattraper Reba quand celle-ci sauta, battant des jambes dans le vide. Puis, ce fut au tour de Gaston de sauter, léger comme une plume et c'est pour cela que, quand Reba se jeta sur lui, il tomba violemment sur le toit.

— Humph !

— C'était épique. Cool comme Indiana Jones. Mieux même. On ne s'ennuie jamais avec toi mon chéri.

Puis, elle l'embrassa. Avec la langue.

JF faillit mourir quand il osa les interrompre. Mais à vrai dire, il avait raison.

— Ce n'est pas le moment de te faire filmer en train de te frotter contre une fille par les hélicos des médias.

Pas faux. Et Gaston eut vite d'autres soucis que l'incendie de son club. Apparemment, son appartement avait lui aussi connu un sort funeste.

Il se retrouvait donc sans abri et avec la couille bleue. Sa soirée pouvait-elle être pire ?

## CHAPITRE DOUZE

*Cette soirée est nulle !* Elle mit ça sur le compte des casseurs de coups.

Partout où Reba se rendait, les gens essayaient de l'empêcher de coucher avec Tony. Du club qui prenait feu à l'homme chauve-souris qui leur avait fait remarquer qu'ils ne devraient peut-être pas s'embrasser sur le toit, puis qui avait à nouveau grogné quand elle avait tenté de remettre ça avec Tony une fois en bas.

Ce prude avait marmonné quelque chose à propos d'actes obscènes. *J'aurais bien aimé qu'on en arrive à la partie obscène justement.* Alors peut-être qu'elle ne serait plus aussi excitée tout le temps. Depuis qu'elle l'avait rencontré, elle semblait souffrir de picotements dans l'entre-jambes. Et pour cela, il n'existait qu'un seul remède. Alors quand Jean-François – d'une voix bourrue et avec son attitude revêche – dit à Tony qu'il pouvait rester chez lui, elle s'interposa et dit :

— Il va loger chez moi.

— Ce n'est probablement pas une bonne idée, remarqua Tony. Je risque d'attirer le danger.

— Tu as raison, dit-elle en tapotant sa lèvre du doigt. Je ferais mieux de rentrer seule chez moi. Comme ça Vivienne aura plus de chance de me suivre.

Face à sa remarque, il pinça les lèvres.

— Elle en a après moi. Pas après toi.

Reba s'approcha de Tony et attrapa son cul en mordillant son oreille.

— C'est une ex-petite amie délaissée, je te garantis qu'elle a aussi envie de s'en prendre à moi. Ce qui est cool, ça ne me dérangerait pas de lui en coller une. Il faut que quelqu'un lui apprenne à lâcher prise.

Car désormais, Tony appartenait à Reba. Elle avait juste besoin de laisser sa marque sur lui pour que ce soit clair. Et pour cela, elle avait besoin de passer du temps seule avec lui.

— Cette fille sera en sécurité dans sa résidence. Ils ont mis en place une stratégie de défense adéquate, remarqua Jean-François – un prénom qu'elle ne pouvait s'empêcher de répéter d'un air hautain dans son esprit.

— Adéquate pour les métamorphes et les humains, mais pas pour quelqu'un comme Vivienne, dit Tony en passant une main dans ses cheveux. Je ferais mieux de partir avec elle.

— Et la police ? lui demanda son second.

— Je leur ai déjà fait nos dépositions. Ils traitent les deux incidents – car le club n'avait pas été le seul bâtiment victime de l'incendie – comme des incendies criminels et mènent l'enquête. S'ils ont besoin de moi, ils pourront attendre jusqu'à demain après-midi, je ne vais pas perdre le sommeil pour ça. Personne n'est mort.

Cette fois-ci du moins. Mais ce n'était que de la chance. Si Vivienne continuait d'attaquer, quelqu'un allait finir par être blessé ou mourir. La plupart des gens auraient été effrayés en apprenant cela.

Mais Reba, elle, eut une montée d'adrénaline, c'est pourquoi elle ramena Tony jusqu'à sa voiture – aujourd'hui c'était une Mercedes grise et élégante – et lui indiqua le chemin le plus rapide pour se rendre chez elle – ce qui impliquait plusieurs virages dans des ruelles et il grogna :

— On ne peut pas juste s'en tenir aux routes ?

— Mais c'est plus rapide par-là, répondit-elle.

Et la vitesse était essentielle. Ses parties intimes étaient en train de mourir !

En se garant dans le garage sous la résidence, ils évitèrent de croiser celles qui se prélassaient probablement encore dans le hall, même à cette heure-ci.

Ils arrivèrent jusqu'à son appartement sans incident ni interruption.

Tout allait bien jusqu'à ce qu'elle le pousse en direction de sa chambre. Il s'arrêta au niveau de la porte, pinçant les lèvres et restant silencieux. Probablement bouleversé par le fait d'avoir perdu à leur petit jeu et de devoir désormais la séduire.

Ou bien il était également en colère, car non seulement son club avait subi des milliers de dollars de dommages à la suite de l'incendie que quelqu'un avait intentionnellement provoqué, mais son appartement, son bel appartement qui contenait ses chaussures haute couture et son irremplaçable sac Louis Vuitton avait lui aussi souffert d'un incident pyrotechnique. *Snif.* Il avait le droit d'être triste. Elle ne pourrait jamais remplacer ces objets et une personne en particulier était à blâmer pour leur perte.

Une ex-petite amie psychopathe qui pensait pouvoir se mettre en travers du chemin de Reba. Certainement pas. Vivienne avait peut-être fait beaucoup de choses dans sa vie, mais elle n'avait encore jamais provoqué de lionne auparavant. Mauvaise idée. Bye-bye Vivienne. Une fois que Reba aurait posé ses griffes sur elle, il ne resterait plus rien pour les flics.

*Je la transformerai en julienne de viande frite.* Il était temps pour Vivienne de disparaître. De façon permanente.

Mais parmi tout ce chaos, il y avait un point positif. Regardez celui qui n'était qu'à quelques pas de son lit. Si seulement il se déshabillait et se mettait au travail. Mais à la place, il décida de parler.

— Ton lit est minuscule, dit-il en jetant un regard noir à celui-ci.

Il devrait le traiter avec plus de gentillesse. Parce qu'on va passer beaucoup de temps dans ce lit. Car ce soir, il séduirait Reba. Elle le sentait... notamment en dessous de sa taille.

Elle promena ses doigts sur la couverture et tira la couette. Elle aimait les choses câlines et dures qui avaient justement besoin de câlins, comme Gaston.

— Mon lit est double, parce que j'avais besoin de place pour ma garde-robe.

L'armoire et la deuxième chambre étaient pleines. Certains disaient que Reba était une accro du shopping. Mais certaines personnes avaient intérêt à s'occuper de leurs affaires avant que Reba ne les frappe au visage.

— Mais ne t'inquiète pas, on rentrera tous les deux. Je dormirai au-dessus.

— Et moi, où je me mets ? Avec les moutons de poussière sous le lit ?

Il haussa les sourcils de façon guindée.

— Que tu es bête, mon chéri, je garde mes manteaux d'hiver là-dessous. Je voulais dire que toi tu dormiras dans le lit et moi je dormirai sur toi. Tu seras mon matelas.

Était-ce trop tôt pour lui demander s'il dormait nu ? Elle espérait en tout cas, car elle aimait beaucoup le contact peau contre peau.

Il contracta la mâchoire. À vrai dire, son corps entier se raidit et elle réalisa quelque chose. *Oups, j'ai encore parlé à voix haute.*

Il secoua la tête.

— Ça ne va pas le faire.

— T'es en train de dire que je suis trop lourde ? dit-elle en posant ses mains sur ses hanches. Est-ce que c'est ta façon de me dire que je vais t'écraser ?

— Tu sais que tu es putain de parfaite.

Elle avait peut-être un peu bombé le torse face à ce compliment bref.

— Tu préfères qu'on dorme en position cuillère ?

— Complètement, mais on ne le fera pas. Pas encore. C'était une mauvaise idée. Je ne peux pas sortir avec toi, pas tant que je ne me serais pas occupé de Vivienne.

— Ne te fais pas de souci pour cette psychopathe blonde. Je m'occuperai d'elle.

Il pivota vers elle et lui attrapa les bras, la regardant d'un air déterminé.

— Ne t'approche pas d'elle. Tu n'imagines pas ce dont elle est capable.

— De gratter une allumette apparemment. Et si on voyait comment elle s'en sort face à mon poing ?

— Tu restes loin de Vivienne. Très loin. Elle est bien plus dangereuse qu'elle n'en a l'air. Son influence auprès de mon équipe de whampyrs et ses attaques directes ne sont que le début. Cela va être de pire en pire, bien pire. Ce n'est pas la première fois que nous nous affrontons.

— Si elle est si tarée, comment ça se fait que tu ne l'aies toujours pas vaincue ?

— Plusieurs fois j'ai cru l'avoir fait. Elle n'aurait pas dû pouvoir s'échapper du dernier piège que je lui ai tendu et pourtant, la voilà. Encore.

— Mon chéri, je crois que tu viens de raconter l'intrigue de plusieurs films d'horreur que j'ai déjà vus. Est-ce qu'elle va finir par se transformer en une énorme démone connasse qui lance des boules de feu ?

Il cligna des yeux dans sa direction.

— Je vais prendre ça pour un non, alors. Et j'imagine qu'elle est mortelle ?

— Que pourrait-elle être d'autre ?

— Qu'est-ce que j'en sais moi ? Depuis que je te connais, j'ai rencontré des hommes chauves-souris et des goules. Et toi tu es un magicien.

— Et tu n'as fait qu'effleurer la surface pour le moment. Tu n'as aucune idée des créatures qu'elle peut contrôler.

Reba haussa les épaules.

— OK, elle a des animaux domestiques, et alors ? On s'est occupé des goules et tu t'es occupé des whampitres qu'elle a ralliés à sa cause. Elle a mis le feu à quelques trucs. L'assurance le couvrira et, allô, personne n'est mort.

— Si, mon poisson.

Ce fut à son tour de battre des cils.

— Je suis désolée, toutes mes condoléances.

Ils se regardèrent pendant un moment. Ils éclatèrent de rire en même temps et avec une forte insistance.

— Tu ignores complètement ce que je dis.

— Non, je t'écoute. Ton ex-petite amie va faire de ma vie un enfer. On dirait un épisode de Jerry Springer[1]. Mais, au cas où tu n'aurais pas remarqué, on ne m'effraie pas facilement. Tu as déjà rencontré mes connasses de copines n'est-ce pas ? Ce genre de connerie est peut-être un peu plus bizarre que d'habitude, mais je ne vais pas tourner les talons pour autant.

— Ce n'est pas un jeu, lâcha-t-il d'un ton sec alors que son visage s'assombrissait. Les enjeux sont réels. Il y aura des blessés. Il y a toujours des blessés. Et parfois, c'est de ma faute.

— Parfois, les gens bien sont obligés de faire de mauvaises choses.

— Est-ce que tu es en train de dire que je suis quelqu'un de bien ?

Il parut assez incrédule.

Mais il avait de bonnes raisons.

— Oh non, mon chéri. T'es un sale type, jusqu'au bout. C'est d'ailleurs ce qu'il y a de plus sexy chez toi.

— Tout ce qui sort de ta bouche est sexy.

Elle ne put s'empêcher d'émettre un rire rauque alors qu'elle ronronnait :

— C'est encore plus sexy quand on y rentre des choses.

Des flammes nées de la tension érotique dans l'air jaillirent presque entre eux. La température grimpa.

— Tu es une tentation que je ferais mieux d'ignorer.

— J'emmerde tout ça. Soyons ce couple diabolique et puissant qui mène le combat contre l'ennemi et l'éradique immédiatement.

— Comment ai-je pu croire que tu étais une véritable demoiselle ? dit-il en lui caressant la joue du bout des doigts. Tu es une putain de reine.

— Et qui va me servir ?

Ses doigts s'enroulèrent autour du cou de Reba, l'étirant et la tenant.

— La bonne réponse, c'est que c'est toi qui seras à mon service. Mais...

Il approcha sa bouche plus près et murmura contre celle-ci :

— Ce que je veux vraiment, c'est te sentir jouir contre ma langue.

Comme si elle allait contester ça.

— Ça me plairait beaucoup. Mais ne devrions-nous pas nous laver d'abord ?

Ils étaient recouverts de fumée, mais il secoua la tête.

— Je n'attends plus.

Il la fit basculer sur le lit et écarta ses genoux pour qu'il puisse se tenir entre eux.

— Tu voulais de la séduction ?

Il se mit à genoux et glissa ses mains le long de ses cuisses.

— Eh bien tu as gagné, continua-t-il.

— Ça paraît trop facile.

— Trop facile ? dit-il alors que ses yeux s'enflammaient

en croisant son regard. Tu as hanté toutes mes pensées, conscientes et inconscientes, depuis que nous nous sommes rencontrés. Tu m'as torturé sans même avoir essayé. Cela aurait dû être fait depuis longtemps.

— Tu rêves de moi ?

— Chaque – sa main glissa plus haut – putain – et plus haut – de nuit.

Il se pencha en avant et sa bouche se pressa contre l'intérieur du genou de Reba, un coin si anodin et pourtant, alors qu'il glissait ses lèvres de son genou à sa cuisse et plus loin encore, repoussant le tissu de sa jupe au fur et à mesure qu'il se déplaçait, elle se mit à retenir son souffle. Chaque partie de son corps trembla. Frissonna. Se crispa avec anticipation alors que sa jupe remontait par-dessus son sexe, la mettant à nue face à lui.

— Cette absence de culotte est très distrayante, tu sais, ajouta-t-il en lui soufflant dessus.

Et quelle fut la réponse intelligente de Reba ?

— Gngng.

Ouais, il soufflait de l'air chaud sur ses lèvres humides et voilà qu'elle se souvenait à peine de son propre prénom. En revanche, elle connaissait le sien.

— Tony.

— Qu'y a-t-il *chaton* ?

— J'en ai envie.

De l'air chaud tourbillonna autour de ses lèvres inférieures et il frotta sa bouche contre la sienne, titillant sa chair.

— Tu n'es pas obligée de me supplier.

— Je ne le fais pas.

Avant qu'il n'ait le temps de réaliser quelles étaient ses

intentions, elle se jeta sur lui et le fit tomber par terre, le chevauchant.

— Je suis juste proactive pour obtenir ce que je veux.

Elle se tortilla jusqu'en bas de son corps, ses mains tirant sur ses vêtements, mettant son sexe à nu. Celui-ci jaillit librement, féroce, fier, délicieux. Elle l'attrapa et le mit dans sa bouche pour le lécher. Humm. Elle adorait lécher les choses et elle aurait volontiers léché jusqu'au centre bien crémeux, mais il la fit rouler sur le dos.

— C'est moi qui séduis, grogna-t-il.

Il s'agenouilla entre ses cuisses et trouva son entrejambes chaud, collant sa langue contre sa chair enflée et la faisant gémir. Il la toucha comme il fallait, sa langue tapotant contre son clitoris pour ensuite s'enfoncer en elle, taquinant son orifice.

Son besoin de l'avoir en elle la poussa à les faire rouler à nouveau, sa bouche s'accrochant à lui pour s'assurer qu'il était aussi mouillé et fougueux qu'elle. Il l'était encore plus. Elle se retrouva à nouveau sur le dos et cette fois-ci, Gaston plaqua sa bouche contre la sienne avec avidité et ses doigts écartèrent ses lèvres, un peu plus bas. Il les enfonça en elle et elle se cambra gémissant dans sa bouche. Il se mit sur le côté et elle se tourna, parvenant à le saisir et tirer sur son membre épais et gonflé. Pour chaque caresse qu'elle lui donnait, il lui rendait, ses doigts glissant grâce à sa crème, leurs hanches ondulant à l'unisson. Leurs respirations s'enchaînaient entre leurs baisers. Elle avait attendu tellement longtemps qu'elle se fichait qu'il la doigte seulement. C'était bon, très bon et elle ne pouvait pas se retenir. Sa chair trembla, son sexe se crispa et elle jouit. Encore et encore, des vagues de plaisir la traversèrent de toute part, la faisant vibrer, mais son corps ne se sentait pas totalement comblé.

Il lui fallait quelque chose de plus.

— J'ai envie de te revendiquer, murmura-t-elle contre ses lèvres.

— Et je t'autoriserai à le faire, chuchota-t-il en retour. Mais seulement quand je me serais débarrassé de ce danger qui te menace.

— Autoriser ? Oh, mon chéri. Ce n'est pas à toi de le décider.

— On se voit à ton réveil.

— Quoi ?

Une poussière fine vola dans l'air et elle ne put s'empêcher de la respirer ni d'entendre Gaston murmurer :

— *Noctis.*

---

1. The Jerry Springer Show est une émission diffusée sur la chaîne de télévision américaine NBC

## CHAPITRE TREIZE

Alors que Reba fermait les yeux, succombant au somnifère, Gaston gémit, surtout de frustration. Non seulement elle palpitait encore contre ses doigts, son orgasme parcourant toujours sa chair, mais lui aussi pulsait. Il n'avait pas obtenu le même genre de libération. Mais il ne se l'autoriserait pas, pas tant que ses affaires n'étaient pas résolues.

Cela lui paraissait trop égoïste, même pour lui, de s'octroyer un moment de pur bonheur quand le mal rongeait la ville. Tant de personnes pouvaient mourir, certaines pourraient même ressusciter, transformées en autre chose et il fallait qu'il mette fin à tout ça.

La noblesse de ses actes lui donna envie de vomir. *Je ne suis pas un héros.* Alors pourquoi persistait-il à agir comme tel ?

Il caressa la douce joue de Reba, remarquant sa respiration calme et régulière. La couleur vive de sa peau. Et la teinte encore plus éclatante de son aura.

C'est pour elle que je dois partir. Ce fut plus dur que ce

qu'il avait imaginé. Il s'autorisa une douche rapide, un nettoyage express pour enlever la crasse et l'odeur de Reba sur ses doigts. C'était vraiment regrettable.

Il avait apporté un sac de vêtements qu'il gardait dans son coffre. Il n'y avait pas que les métamorphes qui se promenaient avec des habits de rechange. Propre et habillé en moins de sept minutes, il regarda Reba une dernière fois et l'embrassa doucement, mais pas pour lui dire adieu. *Je reviendrai.*

Mais d'abord, il devait tuer quelque chose. Et ce quelque chose ne pouvait pas être un membre du clan de Reba. À peine eut-il quitté l'appartement, attendant l'ascenseur, que des portes s'ouvrirent sur le côté et que plusieurs silhouettes en sortirent. En quelques instants, il se retrouva surveillé et encerclé. Vous êtes-vous déjà demandé ce que cela faisait d'avoir une demi-douzaine d'yeux féroces braqués sur vous en train de vous observer ? Eh bien ses couilles se ratatinèrent, mais il ne laissa rien transparaître de cette intimidation. Ce type de personnalités ne respectaient qu'une chose : la bravoure insouciante.

— Je peux vous aider, mesdemoiselles ?

— Mesdemoiselles ?

Elles ricanèrent et Stacey l'observa.

— T'as bien meilleure mine que quand tu es arrivé.

L'athlétique Joan se pencha en avant.

— Sortant tout juste de la douche.

— Mais seulement après avoir été vilain, ajouta Melly.

— C'était rapide, dit Joan en fronçant le nez. Pauvre Reba.

Son tic nerveux se déclencha et même s'il savait qu'il

s'agissait d'un piège, il éprouva quand même le besoin de répondre.

— Reba va parfaitement bien.

— Bien ? Comme j'ai dit, pauvre Reba, dit Joan en secouant la tête.

— Ah, les hommes, approuva Stacey.

— Y a-t-il une raison particulière pour que vous m'accostiez comme ça dans le couloir ? demanda-t-il, remarquant que l'ascenseur n'était toujours pas arrivé et que la cage d'escalier se trouvait à l'autre bout, ce qui voulait dire qu'il allait devoir passer devant plusieurs d'entre elles pour l'atteindre. Ce n'était pas vraiment quelque chose qu'il avait envie de faire.

— On pose juste quelques questions. Ça te pose un problème ?

Ce fut au tour de Melly de s'approcher de lui en lui jetant un regard noir. Elle portait des lunettes à la monture sombre qui accentuaient son regard.

— Pour que je réponde à vos questions, ne devriez-vous pas déjà en poser une ?

— Que fais-tu avec Reba ?

Luna n'était peut-être pas grande, mais elle compensait avec son attitude.

— Reba, je me la suis faite, je croyais que c'était plutôt clair.

Il ne put s'empêcher d'afficher un sourire et celui-ci ne vacilla pas alors qu'une lionne très grande le regardait dans les yeux.

— Je n'ai entendu aucun cri. Est-ce que ça veut dire que t'es nul au pieu ?

Melly qui était plus petite se tapota le menton d'un air contemplatif.

— Peut-être qu'il l'a étouffée. Vous savez, avec son engin.

Trop d'yeux regardèrent soudain vers le bas, c'est-à-dire sous sa ceinture, et un homme un peu moins téméraire aurait pu se ratatiner sous leurs regards.

— Je refuse de parler de mes organes génitaux.

— Organes génitaux ? rigola Luna. C'est le truc le plus coincé que j'ai jamais entendu.

— Comment gâcher une bite, gronda Stacey. Même les termes virilité ou membre sont préférables. C'est comme si tu avais employé le mot commençant par un P.

— Pénis ?

— Petite bite. Aucune fille ne veut entendre ça.

Elles hochèrent toute la tête. Folles. Elles étaient vraiment folles et dire qu'elles trouvaient que les zombies étaient difficiles à raisonner.

— Vous êtes toujours aussi grossières si tôt le matin ? demanda-t-il.

— Seulement quand on est inspirées, répondit Stacey.

Il réalisa alors qu'il connaissait trop le clan des lions puisqu'il connaissait leurs visages et prénoms. Depuis quand s'intéressait-il à la ménagerie locale ?

Depuis qu'il avait rencontré un chaton qui lui donnait envie de la caresser jusqu'à ce qu'elle ronronne.

— Vous m'excusez, mais j'ai des affaires à régler.

— Quel genre d'affaires ? demanda Luna en plissant les yeux d'un air suspicieux.

Quelqu'un le pointa du doigt.

— Et pourquoi Reba n'est-elle pas avec toi ?

— Elle dort, elle est épuisée à cause de son extrême...

Il s'arrêta et leur sourit lentement, puis l'air se réchauffa et devint presque électrique.

— *Plaisir*, termina-t-il.

— Ooooh.

Elles écarquillèrent les yeux.

*Ding.* La porte derrière lui s'ouvrit et il entra, tourné vers elles, il les regarda. Elles formaient un demi-cercle autour de l'ouverture, leurs yeux ambrés de lionnes l'observaient, méfiants, mais pas menaçants. Il appuya sur le bouton qui menait au rez-de-chaussée. Normalement, il aurait fallu une empreinte digitale ou une carte magnétique. Un bâtiment comme celui-ci assurait la sécurité de ses occupants. Gaston n'eut besoin de rien d'autre qu'une simple pression pour se rendre où il voulait. La magie semblait toujours faire obstacle à la science et il s'en servait à son avantage.

Mais Gaston avait enfin fini par se heurter à un obstacle : Reba. Quand il l'avait rencontrée pour la première fois, il avait éprouvé une attirance immédiate. Il avait été fasciné par son audace, sa nature confiante. L'intérêt qu'il éprouvait pour elle aurait déjà dû s'estomper. Il aurait dû pouvoir facilement la mettre de côté et pourtant, il n'y arrivait pas. Plus ils passaient de temps ensemble, plus il croisait sa version imaginaire dans ses rêves, plus il tombait et il reconnaissait ce sentiment effrayant.

*Il tombait amoureux ?* Pas encore. La dernière fois, ça ne s'était pas bien terminé.

Pas bien du tout même, étant donné qu'il devait sans cesse affronter son faux premier amour, encore et encore.

Cependant, était-ce juste de peindre l'amour avec le

pinceau terni de son expérience ? Devait-il éviter d'éprouver de l'affection pour une autre personne simplement parce qu'une expérience passée l'avait dégoûté ?

Jusqu'à présent, c'était exactement ce qu'il avait fait. Il avait abandonné l'amour. Ne vous méprenez pas, il avait eu des maîtresses. Il avait couché avec des femmes sur tous les continents, dans chaque ville. Certains pourraient le qualifier de débauché, mais il préférait se voir comme un homme d'expérience.

Pourtant, ces dernières années, combien de femmes avait-il vraiment eues dans son lit ? Peu, si peu, et aucune qui ne l'ait intrigué au-delà d'une ou deux rencontres. Elles l'ennuyaient. Il n'arrivait pas à s'intéresser à elles. Jusqu'à ce qu'il rencontre Reba.

Reba le fascinait. L'attirait. Elle lui faisait désirer des choses qu'il n'aurait jamais cru désirer à nouveau.

*Une vie. Une maison. Une famille...*

Il était facile d'ignorer ces sentiments effrayants quand elle repoussait ses avances. Facile de faire comme si elle n'existait pas quand il ne la voyait pas. Mais ça, c'était avant qu'il ne la touche...

Maintenant qu'il l'avait touchée et goûtée, il la désirait plus que jamais. Il aurait peut-être pu continuer à s'éloigner, mais elle venait juste de lui dire qu'elle voulait le revendiquer. Cette femme qui était la perfection incarnée le voulait, selon ses conditions.

Voulait.

Lui.

Merde. Il s'occuperait de ça plus tard. Il fallait qu'il se concentre et s'occupe de ce qui se passait actuellement. Tout ce bordel qui se déchaînait autour de lui.

Il atteignit son véhicule sans autre interruption et sortit du garage souterrain. L'aube ne s'était pas encore levée et les rues étaient calmes, le samedi matin n'était pas vraiment une heure de pointe pour la circulation. Il préféra laisser la radio éteinte, appréciant la simplicité du silence. Qui était sous-estimé, si vous voulez son avis. Il y avait tellement de bruits de nos jours. Du bruit, de partout.

Même avec la radio et la télévision éteintes, tout bourdonnait, le réfrigérateur, la climatisation. Et même si vous échappiez à ces commodités modernes en vous rendant dans une pièce sans ventilation ni appareils, vous entendiez toujours le bourdonnement de l'électricité dans les fils. C'était très dérangeant.

Ayant grandi à une époque plus simple, il préférait souvent le silence, c'est pourquoi son intérêt pour Reba et ses conversations vives le surprenait.

Le feu devant lui passa au rouge et il ralentit sa course, tapotant ses doigts sur le volant. Dès qu'il avait quitté la résidence, il avait envoyé un texto à JF pour lui donner rendez-vous au club. Il fallait qu'il évalue les dégâts et remplisse un rapport avec son assurance. Ensuite, il ne pourrait plus éviter les rendez-vous avec la police. Ils allaient certainement vouloir...

*Paf !* L'impact par l'arrière projeta sa voiture vers l'intersection, assez rapidement pour qu'elle se fasse heurter par une voiture qui arrivait dans l'autre sens.

— Putain ! hurla-t-il, essayant de se préparer à l'impact, mais il n'y parvint pas, car son corps fut projeté en avant.

Le métal crissa alors qu'il se tordait et se déchirait. Le verre explosa. Les airbags se déployèrent lui faisant éviter le pire, mais cela ne le libéra pas de sa voiture pour autant. Il était coincé à l'intérieur, sa jambe prisonnière à cause de la colonne de direction. Les portes s'étaient bloquées sous la torsion du châssis.

Les conducteurs qui l'avaient percuté sortirent en titubant de leur voiture, l'un deux gémissant :

— Ohmondieuqu'estcequej'aifait ?

Par la fenêtre latérale, criblée de fissures, il aurait pu jurer avoir aperçu des cheveux blonds. La femme se retourna et sourit. Vivienne leva la main et le salua en lui soufflant un baiser.

*Je vais te tordre le cou !* Mais il était coincé. Coincé dans sa voiture pendant des heures alors que l'on appelait les secours et un chaos organisé s'installa pendant qu'ils sécurisaient les lieux, nettoyant les fuites d'huile et attendant l'arrivée des pinces pour l'extraire du véhicule.

Car il y avait certaines choses pour lesquelles la magie ne pouvait rien faire. Du moins pas en public. Et le pire dans tout ça, c'était que son téléphone mourut alors qu'il était en train d'envoyer un message.

Merde !

Il savait que Vivienne avait provoqué l'accident d'une manière ou d'une autre, mais elle n'avait manifestement pas voulu le tuer. Pas encore. Elle aimait jouer. Et ce jeu-là sentait le retard. Elle voulait le ralentir pour mettre ses joueurs en place. Sans téléphone, il ne pouvait pas faire de même, pas en étant coincé comme il l'était. Et une fois qu'il aurait échappé à la police et leurs questions puis aux secours, il allait devoir agir vite. Très vite, parce qu'une certaine drogue finirait par ne plus faire effet.

La lionne endormie se réveillerait. Et elle n'allait pas être contente.

## CHAPITRE QUATORZE

Se réveiller en voyant le visage à l'envers de Stacey au-dessus d'elle était déjà assez pénible comme ça. Mais l'araignée en plastique qui pendouillait — et qui fit que Reba cria et cogna dessus avant de saisir sa batte de baseball à côté du lit pour la frapper jusqu'à ce qu'elle disparaisse et court ensuite après Stacey dans la chambre pour la taper — la mit encore plus de mauvaise humeur. Elle se rappela que Tony l'avait droguée et était ensuite parti et fut très en colère.

— Je n'arrive pas à croire qu'il m'ait fait ça.

Ce n'était pas seulement l'abandon et le fait qu'il l'ait droguée qui l'énervait. Même si c'était déjà contrariant. Savoir qu'elle était restée comateuse pendant au moins huit heures l'effrayait encore plus. Il aurait pu se passer n'importe quoi — on aurait pu lui raser les sourcils, lui dessiner une moustache au marqueur, publier des photos d'elle en train de baver dans son sommeil sur Instagram.

— Quel con ! Et si des extraterrestres avaient débarqué

en voulant me faire des analyses anales ? Comment aurais-je pu me protéger ?

Ne rigolez pas. C'était déjà arrivé. Demandez à sa tante Betunia.

— Oh, il s'est assuré que tu étais protégée. Il nous a envoyé un texto après être parti. Il a dit aux pétasses de garder un œil sur toi.

Ah bon ? C'était plutôt mignon. Peut-être qu'elle le tuerait plus vite dans ce cas.

— Donc tu es là depuis tout ce temps ?

— En partie. Meena aussi, avec Leo. Apparemment, ils ont été un peu folâtres. Tu ferais mieux de laver ton canapé et le tapis.

Non, il valait mieux tout brûler, c'était plus sûr.

— Et Melly est passée. Elle t'a peut-être emprunté quelques trucs dans ton placard.

Melly aussi risquait d'être brûlée, si elle ne lui ramenait pas ses affaires.

— Où est-il ?

*Où, où est passé mon petit ami ?*

— Est-ce que j'ai l'air d'être sa putain de secrétaire ? dit Stacey en levant les yeux au ciel. Il a envoyé un texto pour dire qu'il était en route pour quelques rendez-vous et que tu avais besoin de dormir, mais qu'il avait un problème avec une folle qui avait tendance à s'en prendre à ses petites copines et qu'il valait mieux qu'on veille sur tes sales fesses.

— Il vous a dit ça ? Tu sais ce que ça veut dire, n'est-ce pas ?

Stacey sourit.

— Il a dit que tu étais sa petite copine !

Elles échangèrent un high-five vigoureux.

— OK, donc mon idiot de petit ami – elles gloussèrent – pense qu'il peut s'enfuir et affronter une sorcière psychopathe capable de faire appel aux larbins de l'enfer.

— Tu déconnes ? C'est pas possible, t'inventes !

— Je suis super sérieuse. Tu as en face de toi une tueuse de démons. J'ai déjà combattu ces petits bâtards, qui n'ont pas bon goût d'ailleurs. Apporte du bain de bouche pour la prochaine fois.

— Et en ce qui concerne la sorcière psychotique qui est leur maîtresse ?

— Son ex a du mal avec leur séparation. On dirait qu'elle est derrière tout ce bordel qui a lieu en ville, notamment la mutinerie avec ces whampitres qui travaillent pour Tony.

— Les whampitres au lieu des whampyrs, ricana Stacey. Je parie qu'ils aimeront ce surnom.

— Ils en auraient peut-être quelque chose à faire s'il en restait. Ils ne sont pas beaucoup, seulement trois, je crois.

Tout comme le clan, Tony était sans pitié si l'on commettait des erreurs, même venant de sa propre équipe. Quand vous viviez en vous cachant des humains, vous ne pouviez pas prendre de risques avec vos secrets.

— Le reste de son personnel est majoritairement humain, plus quelques métamorphes indépendants qui travaillent pour le club.

— Alors c'est vrai que ses hommes sont des vampires gargouilles ? dit Stacey.

— Oui et non. Ils ne sont pas faits de pierre, mais ils boivent bien du sang. Ce sont aussi de vrais rabat-joie. Je te jure que Jean-François est tellement snob. Ça me donne envie de lui tirer le slip.

— On dirait que les démons sont plus amusants.

— C'est vrai.

Reba tapa dans ses mains.

— Et Tony dit qu'il y en aura d'autres, car cette Vivienne est une vraie magicienne. On va probablement devoir combattre toutes sortes de mecs bizarres.

— Tu sais ce que ça veut dire ? dit Stacey dont les yeux étincelaient.

— Oui.

Un sourire étira lentement les lèvres de Reba.

— Ça veut dire qu'on va se battre pour sauver notre ville et notre clan des forces du mal.

— Nous allons être des héroïnes et donc...

— ... il nous faut de nouvelles tenues !

Et ce n'était pas n'importe quelle tenue qui ferait l'affaire.

Alors que Reba passait la journée à faire du shopping, obligée de prendre une déviation jusqu'au centre commercial à cause d'un grave accident qui avait eu lieu non loin, elle se demanda ce que faisait Tony. Elle lui avait envoyé quelques textos. Et n'avait eu aucune réponse.

*Il se fait désirer. C'est adorable.*

Elle renvoya d'autres SMS à son second, Jean-François. Lui au moins lui répondait. Et sa réponse : « Je ne sais pas qui a laissé le chien sortir » la faisait encore rigoler.

La nouvelle de l'accident dans lequel était impliqué son petit ami finit par lui parvenir, mais comme Tony était apparemment parti depuis, elle passa son temps à s'inquiéter pour d'autres choses. Comme par exemple : est-ce que manger ce second brownie signifiait qu'elle allait devoir en prendre un troisième ? Humm, peut-être qu'elle devait jouer la sécurité et en prendre quatre. Elle en planqua également une paire dans son sac pour plus tard.

Au bout d'un moment, elle et le groupe de filles qui traînaient chez Stacey et qui se déchaînaient avec la machine à coudre trouvèrent un dossier sur la vilaine Vivienne. Un dossier mince, car cette salope savait comment effacer ses traces.

*Une ennemie rusée*. On va s'amuser. Miaou.

Les filles de la fierté passèrent en revue les détails du dossier de Vivienne, discutant de certains points.

— Vous aussi vous avez remarqué que cette connasse a vingt-neuf ans depuis extrêmement longtemps ?

Stacey fit une moue agacée, probablement parce qu'elle était encore énervée qu'elles aient allumé trente cierges magiques dans son appartement et aient donc déclenché les arroseurs incendie. L'assurance avait remplacé la plupart des affaires. Elles avaient appris la leçon après l'avoir fait dans la voiture. Qui aurait cru qu'une conduite distraite serait passible d'une si grosse amende ?

Luna superposa sur le sol certains des documents qu'elles avaient imprimés, la plupart étaient des articles de journaux dénichés sur Internet. C'était incroyable ce que l'on pouvait désormais faire avec les logiciels de reconnaissance faciale.

Melly, leur hackeuse locale avait réussi à récupérer des copies des vidéosurveillances de l'appartement de Tony et lorsque celles-ci montrèrent que personne n'utilisait l'ascenseur de Tony à part Reba, elles allèrent voir les caméras donnant sur la rue jusqu'à ce qu'elles repèrent Vivienne, qui se trouvait sous un lampadaire, et qui disparut tout à coup.

— Comment a-t-elle fait pour aller de là – Luna pointa du doigt la photo en noir et blanc – à là ? dit-elle en montrant ensuite la photo en couleur capturée la nuit précédente par un témoin de l'incendie qui avait pris des photos depuis l'une des fenêtres de la résidence de Gaston.

— Et j'imagine qu'elle est ensuite ressortie.

Tout ça sans se faire filmer par les caméras de surveillance de la résidence.

— Moi je dis, c'est une cape d'invisibilité. Preum's sur les paris ! dit Meena en levant la main.

— Elle n'a pas de cape d'invisibilité.

Mais si c'était le cas, Reba la voulait.

— Et c'est un bon tour de magie, sauf que j'ai déjà vu Tony le faire en premier.

— Est-ce que ton Tony a réussi à se rendre dans sa suite penthouse sans utiliser l'ascenseur ou les escaliers ? dit Luna en pointant du doigt le registre d'accès à l'ascenseur. On te voit arriver et partir sur la vidéosurveillance. Mais après que tu sois partie, on ne voit plus bouger l'ascenseur pendant des heures.

— Elle a peut-être trafiqué les registres, remarqua Joan en arrêtant de concocter une sorte de boisson énergisante avec trop de trucs à feuilles vertes. Beurk.

— C'est possible qu'elle ait hacké le système. J'y suis arrivée assez facilement, remarqua Melly.

— Je pense qu'elle a utilisé la magie et s'est téléportée, dit Stacey en tourbillonnant avec ses tresses rousses, si inhabituelles pour une lionne, dans son dos.

— Et moi je pense que tu devrais arrêter de sniffer de l'herbe à chat.

Stacey arrêta de tourbillonner et jeta un regard noir à Luna.

— Je ne serais pas obligée d'en sniffer si quelqu'un n'avait pas eu des ennuis la dernière fois que Cook nous a fait des brownies.

— Ce ne sont pas les brownies qui m'ont fait faire la sieste dans le parc. Cette parcelle d'herbe était si douce et chaude.

Et Luna n'avait pas pu résister. Cette fille adorait prendre des bains de soleil – nue.

— Si on a fini de ressasser le bon vieux temps en étant nostalgique des friandises à l'herbe à chat –associées à leurs folles années à l'université et ayant coûté une fortune au clan qui avait dû les couvrir – est-ce qu'on peut se concentrer sur la connasse qui en a après mon petit ami ?

Elles ricanèrent. Ça les faisait toujours autant rire.

— J'ai peut-être eu de la chance, annonça Melly en tapotant sur son ordinateur avec excitation. Cette sorcière est douée pour se cacher, d'autant plus qu'elle semble payer en liquide et ne pas laisser de traces écrites. Mais pour louer un certain appartement en ville, elle devait fournir une pièce d'identité. Mieux encore, cet immeuble nous appartient.

Le clan possédait de nombreux biens en ville.

— Ce qui veut dire que nous y avons accès étant ses propriétaires.

Reba ne fut pas la seule à regarder sa tenue et faire une moue de déception.

— Et si je n'ai pas envie de me changer en femme d'affaires ?

Meena se leva et posa ses mains sur ses hanches. Des

hanches impressionnantes. Parfaites pour enfanter selon Dmitri qui avait épousé sa sœur jumelle.

— Je me sacrifie pour y aller. J'ai même un costume. Leo m'en a fait acheter un pour que j'aie l'air respectable.

Une fois qu'elles eurent fini de rigoler, Meena étant celle qui s'esclaffait le plus, elles se concentrèrent à nouveau.

— Leo va te botter les fesses si tu vas là-bas étant donné que tu es enceinte. Enceinte de son enfant, dit Luna avec insistance en levant les yeux au ciel.

Elles le firent toutes. À croire que l'oméga du clan était le premier à mettre une femme enceinte.

— Chut. Ne prononce pas son nom, dit Meena en se mordillant la lèvre et en regardant vers la porte d'entrée. Il va savoir que nous complotons et va me forcer à prendre des vitamines.

Plus d'une fille se mordit la lèvre pour ne pas ricaner.

— Je passerai devant, proposa Luna qui se portait volontaire. Melly restera à proximité dans notre van de surveillance en nous aidant avec les ordinateurs et les caméras.

Luna lançait les consignes comme des Frisbee. Les gens pensaient souvent que les lionnes du clan étaient une mafia sans règles. Ils ne comprenaient tout simplement pas le chaos organisé.

— Joan, Stacey, Reba et moi entrerons par là, là et là.

Luna pointa du doigt les différents points de sortie, de la porte de chargement arrière à l'égout – Joan dessina un trait sur celui-ci – jusqu'au toit, et enfin, le parking des employés.

— Est-ce qu'on emmène l'un des garçons avec nous ? demanda Meena.

Luna avait accepté qu'elle s'assoie dans le van pour surveiller Melly.

— Leo dit toujours que je m'attire des ennuis sans lui, continua-t-elle.

— Il est juste jaloux parce que tu t'amuses, remarqua Luna.

— Jeoff est pareil. Et il est toujours sur mon dos à vouloir me protéger, dit-elle en levant les yeux au ciel. Trop mignon. Mais cette fois-ci, nous serons seules. Ils s'occupent déjà d'autres problèmes en ville. Des trucs d'hommes d'après Arik, expliqua Luna d'un air méprisant.

— De ce que j'ai entendu, le truc qu'ils vérifient est probablement en rapport avec cette Vivienne et ces goules machin chose qu'a vues Reba, les informa Stacey.

— Plus vite on abat cette chienne, plus vite on pourra leur balancer au visage que nous sommes plus géniales qu'eux. Prêtes ?

— Est-ce qu'un lion pisse sur le tapis ?!

Elles plaquèrent vigoureusement leurs mains les unes par-dessus les autres. Elles hurlèrent aussi leur cri de guerre :

— Les Pires Connasses ! Miaou !

*Ne t'inquiète pas Tony, je vais sauver la mise.* Puis elle le giflerait pour avoir été si bête. Partir sauver le monde comme ça sans elle. Elle pourrait lui donner deux gifles pour ça. Ensuite, elle lui ferait un bisou magique.

## CHAPITRE QUINZE

— Mon chéri, quelle surprise de te trouver ici ! s'exclama une voix féminine bien trop familière.

Au fond, Gaston n'était pas vraiment surpris de se retourner et de voir Reba sur le toit, même si sa tenue lui fit écarquiller les yeux. Elle portait une combinaison rose vif avec une ceinture utilitaire et une petite cape blanche assortie à ses bottes qui lui remontaient jusqu'aux genoux. Un masque en tissu blanc, dont les bords brillaient grâce à de petits cristaux, lui couvrait la moitié supérieure du visage.

— Puis-je savoir ce que c'est que cette tenue ?

Elle plaça la main sur la hanche et se mit à poser.

— Ça te plaît ? On les a fait créer cet après-midi.

Ça lui plaisait beaucoup. Mais cette tenue serait encore plus belle si elle la jetait par terre.

— Qu'est-ce que c'est censé représenter ?

— Pour le moment, c'est censé représenter les Pires Connasses, mais Ellony, notre directrice marketing dit que ça posera sûrement problème aux chaînes de télévision et leur censure débile. Mais elle dit que mon nom de super-héroïne ne devrait pas être un souci.

— Ton nom de super-héroïne ?

Elle sourit.

— Je suis Bondix, parce que je...

— Arrête ces bêtises. Tu n'es pas une super-héroïne.

— Oui bien sûr, pas encore. Vivienne est toujours en fuite. Je dois d'abord la vaincre.

Cette logique alambiquée était étrange.

— Sauf que tu ne vas vaincre personne. Mon équipe et moi allons nous en occuper.

— Tu n'as pas assez de sbires pour faire quoi que ce soit.

Pas faux, son effectif était loin d'être idéal. Cependant, nous n'étions plus au dix-huitième siècle avec la magie et les armes primitives.

— J'ai très bien su combattre Vivienne jusqu'à présent.

— Et si on mettait fin à tout ça plutôt ?

Il ne demandait pas mieux. Après avoir été extirpé des débris de sa voiture, Gaston avait passé la journée à répondre à des questions : « Qui en a après vous ? Êtes-vous impliqué dans une activité criminelle ? ». Comme s'il avait le temps de répondre aux questions futiles des humains et métamorphes. Il avait fallu un brin de magie et un peu de patience avant qu'il ne parvienne à laisser toutes ces questions derrière lui et reçoive un message de JF. Son second était passé le récupérer et avait fait la leçon à Gaston.

— Elle m'agace vraiment cette fois-ci, lui avait-il dit.

Comme d'habitude, Vivienne ne l'attaquait jamais directement. Elle s'en prenait à lui par-derrière, avec des incendies et des accidents, par subversion. Elle ne faisait jamais rien pour l'attaquer directement. Probablement parce qu'elle craignait qu'en l'approchant de trop près il ne l'étrangle à mains nues.

— Peut-être qu'au lieu de la pourchasser de ville en ville, tu devrais simplement la laisser tranquille, avait déclaré Jean-François en s'insérant dans la circulation. Ça ne fait que recommencer parce que tu continues à la traquer.

— Elle a besoin de jouer.

— N'a-t-elle pas déjà assez payé ?

Pour avoir tué sa sœur, sa seule famille et avoir ensuite aggravé cette horreur ?

— Elle a assassiné ma sœur.

Certes, il avait peut-être provoqué ces événements particuliers. Quand Gaston avait découvert que sa fiancée le trompait, il avait plus ou moins mis le feu à sa maison. L'incendie avait tué son chat qui s'était avéré être plus qu'un chat domestique. Il avait détruit son foyer. Les représailles avaient été terribles.

— Elle a peut-être tué Céline, mais depuis, tu lui as pris tout ce qu'elle aimait.

C'était vrai. La vengeance était tout ce qui lui restait après que sa sœur soit morte, pour revenir ensuite et mourir à nouveau – de sa main – avant que Céline ne démarre une révolution de morts-vivants. Si seulement à cette époque il avait su tout ce qu'il savait maintenant. Peut-être qu'il aurait pu sauver sa sœur comme il avait sauvé JF et les autres, les transformant en whampyrs pour qu'ils puissent échapper à la mort.

Mais c'était un secret qu'il n'avait appris que trop tard.

Il s'était juré de ne plus jamais arriver trop tard. De ne

plus jamais laisser Vivienne être trop à l'aise. De ne jamais la laisser se reposer. Il la chassait constamment et pour la première fois depuis très longtemps, les enjeux étaient très élevés. Élevés, car désormais quelqu'un comptait pour lui et elle se trouvait sur le toit avec lui, agissant comme si tout cela n'était qu'un jeu.

Un autre homme se serait peut-être mis en colère en lui hurlant de partir. Un homme plus faible l'aurait supplié de le faire.

— Tu n'aurais pas dû venir. Je ne t'ai pas laissée en retrait pour rien.

— Merci de t'être assuré que je dorme comme la Belle au bois dormant. Ça faisait longtemps que je n'avais pas aussi bien dormi.

Elle s'étira, et certaines parties de son corps attirèrent le regard de Gaston, le déconcentrant.

— Je l'ai fait pour te mettre hors de danger.

— Mais j'aime le danger. Pourquoi tu crois que je t'aime autant ?

Elle l'aimait ? Cet aveu brutal le prit par surprise et il ne fut donc pas prêt pour ces bras qui s'enroulèrent autour de son cou.

— Tu ferais mieux de partir. Maintenant.

Il essaya de prendre sa voix la plus sévère.

À en juger par ses dents blanches et tranchantes qui mordillaient son menton, elle ne respecta pas du tout ses consignes.

— Hors de question. Je reste ici et je t'aide. Même si je suis encore en colère contre toi.

— Tu es en colère contre moi ? Pourquoi ?

Tout ce qu'il avait fait était pour son bien. *Elle devrait plutôt me remercier*. Au lieu de ça, elle le réprimanda :

— Droguer une femme est considéré comme un crime dans tous les états du pays. Mais ne t'inquiète pas, je ne vais pas te tuer pour l'avoir fait. Par contre, j'ai vraiment hâte qu'on fasse l'amour en étant en colère et qu'on le refasse ensuite après s'être réconciliés.

Faire l'amour en étant en colère ? Comme s'il pouvait rester en colère contre elle. Il enroula un bras autour de sa taille et l'attira plus près. Même s'il ne voulait pas l'avouer à Reba, il avait beaucoup de respect pour ce qu'elle faisait en voulant rester à ses côtés. Elle ne manquait pas de courage et il savait déjà qu'elle était féroce au combat.

— Si je te laisse venir avec moi, promets-moi que tu m'obéiras.

— Tu comptes me donner des ordres ? C'est trop *sexy*.

— *Chaton*, grogna-t-il avec tendresse. Sois sage.

— Sinon quoi ? demanda-t-elle avec insolence.

Il la fit tournoyer dans ses bras jusqu'à ce que son dos soit contre son entrejambes et il caressa le tissu en élasthanne de ses mains, effleurant les courbes de son corps, la laissant toute tremblante. Elle réagissait toujours intensément à ses caresses, tout comme il ne pouvait pas s'empêcher d'être attiré par elle.

Sa main exploratrice atteignit son sexe et le saisit. La chaleur entre ses jambes envahit sa paume. Il frotta et elle laissa échapper un son, un gémissement guttural. Ses lèvres se pressèrent contre le pouls dans son cou.

— Sois sage sinon tu n'auras plus rien de tout ça.

Il resserra son emprise.

— Mon chéri, c'est la plus grosse carotte qu'on m'ait

jamais tendue. Je serai sage. Mais est-ce qu'on peut se dépêcher ? Mes parties intimes ont vraiment besoin d'attention, et c'est assez perturbant.

Ah, ça, la distraction, il connaissait. Il la tenait justement dans ses bras.

— J'attends un signal de la part de JF. Il va me prévenir quand Vivienne entrera dans le bâtiment.

— Est-ce que ça veut dire qu'on a un peu de temps ? Génial.

Elle s'écarta et s'avança vers le parapet qui se trouvait à un peu plus d'un bond de l'autre bâtiment, celui qu'ils visaient.

— Qu'est-ce que tu fais ?

— Aujourd'hui tu assistes à un événement historique, car tu vas voir un chat voler pour la première fois.

Enfin, elle s'envola surtout grâce à un système de Tyrolienne en pressant quelque chose sur sa ceinture qui jaillit et s'accrocha à la cheminée du bâtiment d'en face.

Apparemment, elle n'avait pas réfléchi à ce qui se passerait ensuite une fois que celle-ci se serait accrochée et rembobinerait le fil. Avec un cri :

— Hiiiii !

Reba s'envola du bâtiment, les bras et les jambes en l'air, pas du tout perturbée par le fait qu'elle tomberait probablement la tête la première contre le mur.

Il était temps d'être à nouveau un héros. En tout cas, elle le gardait clairement occupé.

— Bon sang.

Gaston bondit sur le rebord et sauta, sa cape noire étant plus qu'une simple couverture chaude. Elle ondulait derrière lui, tel un certain héros sombre, mais la sienne n'avait rien à voir avec la science.

— *Levati.*

Le mot magique lui permit de rester en l'air et il parvint à effectuer un vol plané gracieux en comptant rattraper Reba au passage, mais apparemment, il l'avait sous-estimée.

Elle fit un saut périlleux dans les airs et s'accrocha à la fine corde qui la retenait. Elle plaqua d'abord les pieds contre le mur et fit le reste du chemin en rappel. Il la devança, mais pas de beaucoup. Quelques secondes avant d'atterrir, il murmura un autre mot magique :

— *Celaverimi.*

Camouflage, car désormais, la partie commençait vraiment.

Reba courut par-dessus le rebord du toit et fit rapidement glisser son grappin vers sa ceinture.

— Sympa ton jouet, observa-t-il.

— Merci. C'est Melly qui l'a conçu. C'est une vraie technophile.

— Quelles autres surprises as-tu dans ta ceinture ?

— Il va falloir me déshabiller pour le découvrir.

Elle lui fit un clin d'œil et la tentation de le découvrir tout de suite le poussa presque à l'attraper.

— Plus tard.

Il n'avait pas le temps pour les plaisirs coquins. Malgré son camouflage magique, leur arrivée ne passa pas inaperçue. Une lumière rouge et vive s'alluma au-dessus d'une caméra lorsque celle-ci s'activa.

Reba la salua.

— Qu'est-ce que tu fais ? demanda-t-il.

— Ne t'inquiète pas. Melly s'en occupe. Tout le monde voit que le toit est dégagé.

Évidemment qu'il était dégagé, car il avait lui aussi berné les caméras – mais sa méthode à lui impliquait une manipulation de sa cape, qui s'avéra difficile, surtout vu la zone qu'il essayait de dissimuler. Donc il prit Reba au mot, supposant que Melly avait bloqué les caméras, et il rompit son sort.

— Je suis surprise qu'il n'y ait pas de gardes en haut, remarqua Reba en faisant de petites pirouettes, l'arrière de son costume contenant difficilement ses fesses rondes. Je ne vois rien d'intéressant en tout cas.

— C'est que tu ne regardes pas au bon endroit.

Il détourna son attention de son corps splendide lorsqu'il remarqua un mouvement. La surface dure tressaillit alors que l'une des cheminées se mettait en mouvement, le golem en métal se fondait dans le décor avec les autres objets sur le toit. La magie qui l'animait était à peine visible, les zigzags étant très subtils. La magie de la terre était toujours discrète. C'était également une magie solide, mais stupide. Les golems étaient connus pour être forts et pratiquement impossibles à arrêter, mais ils étaient bêtes. Si bêtes.

Même si le golem avait un semblant de forme humaine, deux bras, deux jambes et une tête, les similitudes s'arrêtaient là. Il n'avait pas de mains, de doigts, ni de pieds. Ses jambes s'entrechoquaient tels des troncs épais et il agitait ses membres en forme de masses. Son unique œil, un trou béant dans son crâne irradiant une lumière rouge, scannait la zone avec intensité, tel un laser. Une fois qu'il repérait une cible, il la poursuivait avec un seul but : la détruire.

Tout en sachant à quoi il faisait face, le plan de Gaston était simple. Attirer la créature vers lui et l'envoyer s'écraser par-dessus le bord, une chute de plusieurs étages qui le pulvériserait.

Un super plan s'il avait été seul. Reba, en revanche, ressentait le besoin de faire les choses à sa façon. Et sa façon à elle, impliquait beaucoup de nudité.

— Qu'est-ce que tu fais ? demanda-t-il, détournant son attention du golem qui marchait d'un pas pesant alors qu'il apercevait la peau nue de Reba du coin de l'œil.

— Ne t'inquiète pas mon chéri. Ma lionne va sauver tes petites fesses.

Effectivement, Reba se transforma, sa peau cacao se métamorphosant en une fourrure sombre et lisse.

Elle n'avait peut-être pas la crinière d'un lion mâle, mais sa silhouette agile était impressionnante et élégante. En revanche, elle ne fut pas très efficace face au golem.

Alors que ses griffes s'agrippaient à l'asphalte du toit, elle courut vers la créature de métal, plongea et la frappa.

*Clang*. Elle rebondit et heurta le sol peu gracieusement. Elle s'assit et secoua la tête. Sans se décourager, elle essaya à nouveau, griffant frénétiquement le golem, produisant un son horrible, mille fois pire que des ongles crissant sur un tableau. Faisant probablement grimacer plusieurs personnes dans un rayon de quelques kilomètres.

Ensuite, elle essaya de le mordre et laissa à peine une trace.

— Tu permets, *chaton* ?

Gaston se positionna entre le golem et Reba. Vivienne était si prévisible. S'étant attendu à ce type de monstre, il savait quoi faire.

Il agita son poignet et de la poussière flotta dans l'air. Il souffla les particules en direction du golem. La poudre le percuta et la créature fut recouverte de taches de rouille, inoffensive pour les humains, mais l'agent corrosif n'avait qu'à heurter le métal pour le ronger. Les joints métalliques grincèrent et gémirent de plus en plus fort alors que le golem titubait en courant après Gaston. Il plongea et évita les énormes massues qu'il avait en guise de bras.

Le golem ne remarqua pas le bord du bâtiment alors qu'il pourchassait Gaston. Reba qui avait compris son plan, sauta sous sa forme féline vers la créature de métal et lui donna le coup de pied aux fesses nécessaire pour la faire basculer. Elle regarda par-dessus le bord alors que cette dernière heurtait le sol et s'écrasait sur le capot d'une voiture.

Elle tourna la tête et l'inclina, l'air de dire :

— Tu crois que quelqu'un va le remarquer ?

— Il n'y aura pas moyen de le cacher, remarqua-t-il. On ferait mieux d'entrer avant que le bâtiment ne soit verrouillé.

Il récupéra ses vêtements – à peine une poignée de tissu, la ceinture était plus lourde qu'elle n'y paraissait – et elle le suivit alors qu'il la guidait à l'intérieur, la serrure électronique s'ouvrant devant lui.

Une fois à l'intérieur du bâtiment, il ouvrit la marche et descendit les escaliers jusqu'à ce qu'ils atteignent une porte. Une porte sans runes. Une porte sans garde.

Pas même une carte magnétique. Ça paraissait trop facile. Il remarqua la caméra dans le coin de la cage d'escalier, le seul système de sécurité. Est-ce que Melly, la fille du clan la contrôlait toujours ? Ou bien est-ce que Vivienne était en train de les observer ?

Il retroussa sa manche et tapota l'écran de sa montre. Un prototype plus puissant que n'importe quel smartphone. Son second ne lui avait toujours pas envoyé de message pour lui dire que Vivienne était arrivée. Cela ne voulait pas dire que ce n'était pas le cas. Elle savait comment apparaître à peu près n'importe où sans prévenir. Elle était la reine des tours de passe-passe.

Mais était-elle là ?

Il observa la porte fermée. Elle était recouverte d'un métal gris abimé et d'une poignée couleur étain. Pas de fenêtre. Qu'il y avait-il de l'autre côté ? Étaient-ils au moins au bon endroit ?

Il eut recours aux bonnes vieilles méthodes et pressa son oreille contre le portail. La surface froide émettait un léger bourdonnement, celui d'un bâtiment plein d'énergie. Mais de l'autre côté en revanche ? C'était silencieux, très silencieux, c'est pourquoi quand Reba murmura :

— Tu entends quelque chose ?

Cela lui parut putain de bruyant.

Gaston ne réfléchit pas, il réagit, la plaquant contre le mur à côté de la porte, ses lèvres s'écrasèrent contre les siennes, exigeant le silence. Du moins, c'est ainsi que cela commença, mais comme à chaque fois qu'il la touchait, le désir prit le pas sur son bon sens. Un baiser se transforma en une étreinte interminable. Leurs lèvres glissant les unes sur les autres. Leurs langues dansant avec un abandon sensuel.

Cela ne fit que lui donner envie de plus. Plus d'elle. Ses mains se promenèrent le long de sa silhouette, traçant leur chemin jusqu'à ses cuisses. Elle n'avait pas eu le temps de se changer après sa métamorphose, par conséquent il caressait sa peau nue. Une peau douce. Et ses cuisses, ses belles cuisses qui s'écartèrent à son contact. Ses doigts glissèrent vers elles et caressèrent sa fente.

— Pourquoi es-tu toujours mouillée quand je te touche ? murmura-t-il doucement contre ses lèvres.

— Parce que je te veux.

Reba balança ses hanches contre sa main.

Comme il avait envie d'elle aussi, de façon désespérée, mais ce n'était pas le moment de faire l'amour !

Apparemment, c'était à son tour de parler à voix haute.

— Quand est-ce que ce sera le moment ? murmura-t-elle.

— La disparition du golem ne va pas passer inaperçue. J'imagine qu'une alarme a dû se déclencher.

— Donc on a un temps limité ?

L'idée semblait plus lui plaire que la consterner.

— Très limité, c'est-à-dire que quelqu'un pourrait ouvrir cette porte ou descendre ces escaliers à tout moment.

— C'est une façon de présenter les choses. On a intérêt à faire vite, grogna-t-elle en tirant sur sa ceinture. Je n'en peux plus.

De la folie. C'était de la pure folie. Il ferait mieux de la stopper. Il ne plaisantait pas quand il disait qu'on pouvait les surprendre à tout moment. Quelqu'un pouvait faire irruption par cette porte, avec une arme... et il s'en foutait.

Elle avait raison. Quand serait-ce le moment ? Le moment c'était eux qui choisissaient de le prendre. *C'est nous qui devons prendre le temps.*

Peu importe le danger.

Il banda. Et il n'en eut pas honte. Seul quelqu'un qui n'avait jamais expérimenté l'adrénaline que l'on éprouvait en faisant quelque chose d'interdit, et pourtant agréable pouvait comprendre. Le frisson de la découverte comptait presque comme un orgasme.

Elle lui demandait d'être rapide. Il pouvait être rapide. Quand elle sortit sa bite de son pantalon, il ne perdit pas de temps et la hissa, les mains sur sa taille, son dos plaqué contre le mur. Sans qu'il ne lui demande, elle enroula ses jambes autour de sa taille, la cape de Gaston les dissimulant. Au moins, ceux qui regardaient les caméras de surveillance ne les verraient pas et cela n'atténuait en rien cette sensation exquise de se glisser en elle.

Le bout de sa bite pénétra l'entrée lisse de son sexe avec facilité. Elle était tellement étroite et chaude et mouillée et parfaite. Il s'enfonça en elle, plus épais et dur qu'il ne l'avait jamais été. Chaque mouvement d'avant en arrière lui coupa presque le souffle et le fit tressaillir de plaisir.

En avant. Il souffla.

En arrière. Elle laissa échapper un faible gémissement alors qu'il s'enfonçait à nouveau en elle. En avant. En arrière. Des coups de reins délicieux contre sa femme qui étaient presque une torture. *Ma femme.* La sienne. Et il pouvait la revendiquer tout de suite.

Ça allait trop vite ? Il avait envie de se retenir, de s'accrocher à ce moment, mais l'urgence le guidait. Pas seulement une urgence due à leur manque de temps ou le fait de se faire prendre, mais un simple besoin de placer sa marque sur cette femme. *De la faire mienne.*

— Oui, la tienne, murmura-t-elle comme si elle lui répondait.

Cela le poussa à aller plus vite. Il glissa sa bite en elle, profondément, et elle agrippa ses ongles dans ses épaules, le bout de ses doigts s'enfonçant à travers le tissu. Ses lèvres se plaquèrent contre les siennes et le souffle de Reba devint erratique, aussi erratique que le sien alors qu'il la pénétrait, sans finesse, sans être détendu, sans technique. Seulement une passion brute et effrénée. Et elle adora ça.

Elle laissa échapper des petits miaulements de plaisir et ses doigts devinrent plus aiguisés, le piquant, tirant sur sa chemise, égratignant même sa peau. Sa bouche quitta la sienne pour lui sucer le cou et il pencha la tête en arrière, la martelant, déjà au bord de l'extase. Tant pis, il ne se retiendrait pas. Il l'avait déjà assez fait.

Le sexe de Reba se contracta autour du sien, un coup sec, puis elle jouit, si violemment et pourtant, elle ne cria pas. Elle mordit à la place, serrant ses dents autour de son cou et bon sang, elle lui entailla la peau. Mais il s'en fichait ; la douleur fulgurante le fit jouir à son tour. Tellement fort et quand elle grogna :

— Le mien.

Il ne put qu'approuver.

— La mienne, putain. À moi, à moi, à moi.

Ses paroles résonnèrent avec un abandon joyeux et il se sentit bien. Tellement bien pour la première fois depuis longtemps.

L'instant était putain de parfait.

C'est pourquoi il fut si en colère quand quelqu'un ouvrit la porte à côté d'eux et émit un bruit de dégoût assez fort.

## CHAPITRE SEIZE

— Va-t'en, grogna Tony, repliant sa cape autour d'eux tout en essayant de ranger son bazar.
Cet homme était timide. C'était adorable, d'autant plus que son club proposait un style de vie plus hédoniste. Est-ce que Tony préférait regarder plutôt qu'être regardé ?
— Je ne partirai pas. Et vous avez intérêt à vous rhabiller. C'est pas le moment de faire ce genre de trucs.
Luna paraissait très guindée et agacée. Qu'est-ce qui lui prenait de les réprimander pour exhibitionnisme ?
*C'est louche.* Luna ne disait jamais à personne de se rhabiller. Bon sang, elle était même connue pour se retrouver toute nue aux moments les plus inopportuns, parfois même en public.
Luna avait-elle un problème ? Reba observa son amie, portant les mêmes habits que tout à l'heure, mais paraissant bien plus énervée que d'habitude.
— Quelqu'un t'a tiré la queue ou quoi ? demanda Reba. Est-ce que tu es énervée parce que tu n'as pas emmené Jeoff pour une petite partie de jambes en l'air ?

— Ce n'est pas le moment pour une partie de jambes en l'air.

— C'est toujours le moment. C'est le fait d'être en couple qui te met dans cet état ? dit Reba en secouant la tête. Et dire que je te considérais comme la plus cool d'entre nous.

— Je suis cool.

Reba lui fit un sourire apaisant et l'air renfrogné de Luna s'accentua.

— On n'a pas le temps pour ça. Les lieux sont vides. On s'est pointées pour la fête, mais il n'y a personne.

— Tu es sûre de ça ? On a vu un golem sur le toit. Il y a peut-être d'autres créatures cachées pas loin.

Reba fronça le nez encore et encore alors qu'une odeur régnait à l'étage. Quelque chose brûlait et l'empêchait de sentir correctement.

— Oh, on a trouvé quelques ennemis. Un démon et un repère de goules au sous-sol. Rien de grave. Rien à voir, dit Luna en baissant les yeux vers un endroit situé sous la ceinture de Tony.

Cela le troubla. Trop mignon.

— Je doute fortement que le bâtiment soit vide. Tu ne vois probablement pas la menace, dit Gaston.

Regagnant un peu son sang-froid, Tony croisa les bras, son corps faisant office de barrière devant Reba qui luttait pour enfiler son costume. Son incroyable costume de super-héroïne s'était tordu et enroulé et refusait de coopérer. Quand elle parvint enfin à le mettre, il se frotta contre les parties sensibles de son corps, la faisant frissonner de plaisir grâce aux souvenirs.

Cet homme savait comment jouer avec son corps. Miaou.

*Et je l'ai revendiqué.* Miaou miaou. Évidemment, elle attendrait plus tard pour le mentionner à son chéri. Vu ses réactions habituelles, elle s'attendait à ce qu'il s'énerve. Elle espérait qu'il y aurait un lit non loin quand cela se produirait parce que quand ils se réconcilieraient, le sexe serait épique – et aussi parce qu'elle ne voulait pas irriter sa peau contre le tapis.

— Tu sembles surestimer Vivienne, dit Luna en plissant les yeux et en l'évaluant du regard.

— C'est une adversaire de taille. J'ai appris à ne pas la sous-estimer.

— Et bien, tu ne devrais donc pas être surpris que ce bâtiment soit un leurre. Nous sommes au mauvais endroit.

Reba passa la tête par-dessus le bras de Tony et fronça les sourcils en direction de Luna.

— Melly s'est trompée ? C'est impossible, il neige en enfer ou quoi ?

— Nous avons été bernés. Apparemment, l'action se déroule de l'autre côté de la ville. Des corps ont été retrouvés et ils semblent avoir été malmenés. Les fils d'actualité de Twitter explosent, les gens se plaignent d'avoir entendu des coups de feu. Et ils ont même mentionné des types qui ressemblaient à des zombies.

— On a raté une attaque de goules ? Quel dommage. Nous n'avons eu droit qu'à un golem, dit Reba en feignant une moue contrariée, car en réalité, ses parties intimes étaient encore bien trop heureuses pour qu'elle puisse éprouver de la déception.

— Si Vivienne agit de façon si publique, alors il faut que nous nous préparions. Il faut que je parle à JF.

Sortant son téléphone, Tony le tint en l'air et fronça les sourcils, probablement parce que dans ces bâtiments le réseau était pourri. Il se déplaça, le long du couloir large, un espace bordé de quelques portes fermées seulement. Tony en choisit une au hasard et disparut.

Les portes fermées étaient fascinantes, d'autant plus que les plaques collées dessus affichaient des titres prestigieux comme Directeur et Président. Y avait-il quelqu'un à l'intérieur ? La porte la plus proche s'ouvrit à son contact et Reba regarda à l'intérieur. Il s'agissait d'une pièce carrée avec une chaise de bureau et un petit espace pour s'asseoir. Il n'y avait personne. La pièce était fermée, le faible éclairage et l'absence de fenêtres créaient une ambiance morose.

Arf. Pas de soleil. Cela la déprimerait si elle devait y être confrontée tous les jours.

Reba appuya sur la porte d'une salle privée et celle-ci s'ouvrit aussi immédiatement à son contact. Elle donnait sur un espace plus somptueux avec des fenêtres allant du sol au plafond, le sol était en bois dur brillant et un grand bureau s'y trouvait. Rien ne venait entacher la surface, pas même un écran ou un stylo. L'odeur d'encens brûlé persistait. Elle leva la tête vers les bouches d'aération.

Elle renifla.

— C'est quoi ce truc que diffuse la ventilation ?

Luna haussa les épaules.

— Qui sait. Ça pue dans tout le bâtiment.

Reba allait devoir être confiante et se dire que cela ne risquait pas de la tuer ou de la plonger dans un sommeil profond, car elle ne pouvait pas faire autrement que de le respirer. Elle était assez certaine qu'il lui restait encore quelques vies si celui-ci s'avérait dangereux. Mais ce qui l'inquiétait, c'était Tony. Est-ce que ce truc risquait de lui faire du mal ? Il l'avait clairement senti et pourtant, il n'avait fait aucune remarque à ce sujet.

*Ça fout mon odorat en l'air.* Elle se sentait dépourvue de cette compétence sur laquelle elle comptait. Comment pouvait-elle chasser correctement si elle ne pouvait rien sentir ?

Elle n'aimait pas ça. Ça sentait le piège à plein nez. Reba pivota, détournant le regard de la vue extérieure et remarqua que Luna se tenait juste derrière elle, plus près que prévu.

— Tu es sûre que cet endroit est un leurre ? Melly ne se trompe jamais.

— Quelque chose a dû effrayer la sorcière. Elle était en chemin pour venir ici, elle est même sortie de sa voiture – t'aurais vu sa caisse, une Rolls-Royce blanche magnifique avec un chauffeur et tout. Donc elle sort et là, l'instant d'après, il y a un épais mur de brouillard qui ne dure que quelques secondes. Mais assez pour voir qu'elle a disparu et que la voiture a décollé. Ensuite la dernière chose qu'on a entendue, c'est que des trucs explosaient à l'autre bout de la ville sur les docks.

Des feux d'artifice ? Ça paraissait fun.

— Qu'est-ce qu'on attend ? Allons-y.

— Ça ne sert à rien de se précipiter. Le temps qu'on traverse la ville, ce sera terminé.

La logique de Luna la découragea.

— Les filles vont être déçues. Je sais qu'elles espéraient qu'il y ait un peu d'action.

— Je suis sûre qu'on n'en a pas encore terminé avec Vivienne.

— J'espère pas. J'ai quelques trucs à dire à cette garce.

— Comme quoi ?

Avant que Reba ne puisse se lancer dans l'énumération d'une liste, elles tombèrent sur Tony et son visage sérieux dans le hall.

— Jean-François a confirmé. Vivienne n'est pas ici. Toute cette soirée n'a été qu'une perte de temps.

— C'est vraiment le terme que tu veux employer ? demanda Reba en posant ses mains sur ses hanches, le regardant d'un mauvais œil.

L'expression de Gaston se radoucit.

— Peut-être pas vraiment une perte de temps. Certaines parties de la soirée étaient très agréables ; cependant, l'objectif premier de celle-ci a échoué. Si l'on en croit les rapports, Vivienne a rassemblé plus de forces que prévu. Il faut que je retrouve Jean-François pour que nous planifiions notre prochain plan d'action.

— Tu vas me laisser en plan pour ton second ?

— Je ne te laisse pas en plan. Je te verrai d'abord à la maison, évidemment.

— Il n'y a pas de « évidemment » qui tienne. Premièrement, je n'ai pas besoin d'un garde du corps. Et deuxièmement, je ne rentre pas tout de suite à la maison. La nuit ne fait que commencer. Et je suis encore d'humeur coquine, dit-elle en faisant un clin d'œil. Mais si tu préfères courir à droite à gauche avec ton laquais, alors vas-y. Mes copines me tiendront compagnie.

Pendant un moment, son regard se tourna vers Luna dans son costume gris et terne frappé d'un G majuscule, car cette garce adorait grogner, surtout si on touchait à la dernière tranche de bacon.

— Même si Vivienne n'est pas présente, il y a probablement des surprises dans le bâtiment. Vous feriez mieux de toutes quitter cet endroit avant de jouer avec quelque chose que vous n'êtes pas capables d'affronter.

— Si on tombe sur un monstre, on s'en occupera, dit Luna en levant les yeux au ciel. Nous sommes des femmes, pas des idiotes.

— Mais c'est la première fois que vous faites face à des créatures comme les golems, les goules et les démons. Certains peuvent être assez perfides si vous ne savez pas à quoi vous attendre.

— Si nous étions si stupides, nous n'aurions pas survécu aussi longtemps.

Reba ne put s'empêcher d'être piquée au vif. Il se comportait comme un père qui la réprimandait et non pas comme un amant.

— Je n'ai pas besoin de toi pour me dire ce que je peux et ne peux pas faire, continua-t-elle.

C'était sa vie, donc ses choix, même les plus mauvais.

— Comme si tu allais m'écouter, gronda-t-il. Très bien. Fais comme tu veux. Mais si jamais il t'arrive quelque chose – il lui jeta un regard noir – attends-toi à ce que...

— Tu me dises je te l'avais dit. Bla bla bla. Peu importe, dit Reba qui ne put s'empêcher de lever les yeux au ciel.

— À vrai dire, mon petit *chaton* impétueux, j'allais dire que s'il t'arrivait quelque chose, alors ma vengeance ne serait pas belle à voir. Je ne laisserai personne te faire du mal. *Jamais.*

Ses paroles qui lui firent mouiller sa culotte furent

accompagnées d'un baiser encore plus lascif, la chaleur de celui-ci lui coupa le souffle et déclencha entre eux une tempête de feu.

Mon Dieu. Serait-ce toujours ainsi ? Elle se colla à lui, autant qu'elle le put, et même les bruits de dégoût de Luna ne purent l'empêcher d'en profiter pleinement.

Il la reposa. Doucement. Il leva le menton et dit doucement :

— Fais attention à toi, *chaton*.

Puis, il s'en alla, d'un pas rapide, il traversa le couloir, sa cape noire flottant derrière lui. Tellement sexy. Elle regarda son chéri sexy jusqu'à ce qu'il monte dans l'ascenseur et parte. Elle compta jusqu'à cinq, puis se tourna vers une Luna très silencieuse.

— Bon, maintenant qu'on s'est débarrassés de mon petit-ami comme tu le voulais, c'est quoi le scoop ? demanda Reba.

Elle contracta les doigts, préparant ses ongles.

— Qu'est-ce qui te fait penser que j'ai menti ? dit Luna en battant des cils d'une façon faussement innocente et ridicule.

— Tu croyais vraiment pouvoir me berner ? Le coup de l'odeur était un bon leurre, mais je sais que tu n'es pas Luna. Qu'as-tu fait à mon amie ?

— Rien, mais...

L'image devant Reba vacilla.

— Je ne peux pas dire la même chose pour toi, conclut-elle.

Puis, Luna disparut et Vivienne la remplaça, dans toute sa splendeur, mignonne et blonde et Reba ne put s'empêcher de secouer la tête.

— Putain, t'es forte. Comment as-tu fait pour aussi bien imiter Luna ?

Elle l'avait dupliquée jusqu'à la tenue et le rictus. Mais il y avait une chose que Viv ne pouvait pas copier : c'était la lionne intérieure. Et la féline de Reba l'avait immédiatement remarqué. Il fallut que Reba écoute elle-même sa façon de parler pour réaliser qu'il manquait beaucoup de jurons dans leur discussion.

— Pour prendre l'apparence de quelqu'un, il ne suffit que d'une mèche de cheveux et du bon sort. C'est habituellement indétectable. Mais tu dis que tu savais. Si c'est le cas, pourquoi n'as-tu rien dit à Gaston ?

— Parce qu'il est trop gentil pour devoir avoir affaire avec toi.

— Trop gentil ? cria-t-elle d'une voix aiguë. Cet homme est un putain de meurtrier. Il me suit partout depuis des décennies, détruisant mes maisons et mes ressources.

— Et pourtant, tu es toujours en vie et tu parles de lui en disant qu'il est ton fiancé.

— Parce qu'il est toujours à moi.

Une lueur verte, chargée de jalousie, illumina les yeux de Viv.

— Il a beau batifoler avec toi, il est à moi.

— Détrompe-toi. Et juste pour que tu saches, même s'il s'est retenu de te tuer, moi je n'hésiterai pas. Les lions ont beau jouer, ils attrapent toujours leur proie.

— Tu veux te battre avec moi ? dit Viv en penchant la tête sur le côté alors que ses cheveux blonds gigotaient comme s'ils étaient vivants. Comme c'est fascinant. Les gens intelligents prennent la fuite. Ou restent là en se pissant dessus. Ça fait de sacrés dégâts sur le parquet, tu sais. Et l'odeur ne part jamais vraiment.

— T'es censée me faire peur, là ? dit Reba en regardant la petite femme. Parce que c'est pas le cas.

Il n'y avait pas de monstres dans son dos et elle ne portait pas de bijou, donc pas de pouvoirs cachés comme ceux que Tony aimait employer.

— Tu crois que je suis plus faible que toi.

Son gloussement harmonieux ne fit que renforcer ce côté innocent.

— Tu te trompes. Tellement. Et tu es stupide. Tu aurais dû le dire à Gaston tant que tu en avais encore l'occasion. C'est le seul qui ait jamais été proche de me battre.

Viv fit bouger ses doigts et Reba écarquilla les yeux alors que des bandes invisibles s'enroulaient autour d'elle, la serrant assez fort pour que ses côtes protestent.

— Qu'est-ce que tu fais ? Je croyais que tu voulais te battre.

— Me battre oui, mais me battre de façon loyale ?

Un sourire narquois étira ses lèvres alors qu'elle secouait la tête.

— Tout est permis en amour comme à la guerre non ? Et ne te méprends pas, c'est la guerre. Je sais que Gaston a des sentiments pour toi. Qu'il est vilain ! Il essaie de me rendre jalouse. Ça a marché. Je suis effectivement verte de jalousie.

Bizarrement, Reba ne put s'empêcher de penser, avec la voix d'une certaine créature sage et verte : « Fort est le délire, chez celle-ci. Lui montrer le chemin, je dois. »

— Tony te déteste.

Sa main fine balaya sa remarque d'un revers.

— Il est encore un peu en colère contre moi à cause d'une erreur que j'ai commise il y a longtemps. J'ai peut-être tué quelqu'un par accident. Ou volontairement. Ça arrive. Notamment quand la fille en a trop vu. Que pouvais-je faire d'autre ? Ton espèce sait que parfois nous devons tuer pour garder un secret. Comment aurais-je pu savoir qu'il était si attaché à cette petite morveuse ? Maintenant, il croit qu'il me déteste, mais c'est seulement parce qu'il m'aime toujours.

La folie brillait vivement dans ses yeux.

— Sale garce, tu es complètement tarée.

Elle enroula ses doigts dans la chevelure de Reba, la tirant en arrière pour pouvoir murmurer à quelques centimètres de son oreille.

— Les insultes ne feront qu'accentuer la douleur. Et je te promets que ça va faire mal. Il faut que ça fasse mal pour que Gaston retienne la leçon.

*Veux la manger.*

La réponse de sa lionne était simple et elle avait raison.

Reba avait passé assez de temps à parler à cette fille à qui il manquait quelques cases et une camisole. Il était temps de renverser la situation.

— J'imagine qu'on va faire ça à la dure.

*Vas-y, vas-y ma lionne.* Reba appela sa féline, violemment, et malgré les bandes invisibles autour d'elle, elle se libéra, avec ses crocs, sa fourrure et sa puissance, une puissance si brute et animale. Elle s'élança vers Vivienne, prête à lui arracher le visage, sauf que Gaston n'était pas le seul à avoir en sa possession une poudre soporifique qui sortait de nulle part, la frappant au visage.

*Poum.*

## CHAPITRE DIX-SEPT

*Qu'est-ce que j'ai raté ?*
Alors qu'il descendait dans l'ascenseur, quelque chose turlupinait Gaston, mais ce fut lorsqu'il arriva dans le hall principal et qu'il tomba sur une scène impossible : une fille vêtue d'un costume gris frappé d'un G majuscule, que son malaise explosa.

Il n'y avait qu'une seule façon pour Luna d'arriver ici avant lui.

— Espèce de salope !

Et Reba était une sale morveuse, car il était impossible que celle-ci ait confondu une impostrice avec son amie. *Pendant que j'étais trop chamboulé par notre partie de jambes en l'air pour penser correctement.* Les inconvénients d'avoir une grosse bite et peu d'afflux sanguin.

— Pardon ? Je rêve ou tu viens de dire que tu voulais mourir ?

La blonde féroce se mit immédiatement en mode bagarre, ce qui, vu sa tenue, similaire à celle de Reba, lui donna un air plus mignon que dangereux.

— J'imagine qu'on ne s'est pas croisés à l'étage tout à l'heure ?

— Je n'ai pas encore pu quitter le rez-de-chaussée, car les ascenseurs ont été bloqués. Melly les a trafiqués. Mais bon, si tu veux mon avis, cet endroit est un fiasco. Quand je suis passée par la porte d'entrée, il n'y avait même pas de garde à la réception.

Un leurre dans un leurre. Merde.

— C'était un piège.

Un piège très astucieux destiné à capturer quelqu'un.

— Il faut que nous remontions au dernier étage. Vivienne détient Reba.

Il retourna dans l'ascenseur et appuya sur le numéro du dernier étage.

Luna le suivit en fronçant les sourcils.

— Tu ne veux pas plutôt dire que c'est Reba qui la détient ? Ne sous-estime pas ma pote.

— Je sais que c'est une redoutable combattante, parmi les métamorphes et les humains. Mais là, ce n'est pas ce à quoi elle est confrontée. Aucune d'entre vous ne saisit à quel point Vivienne peut être puissante. Et ajoute à cela le fait qu'elle n'est pas très saine d'esprit et tu...

— Peux passer un super moment, dit Stacey en sautant dans l'ascenseur quelques instants avant que les portes ne se ferment.

— Je suis cerné par la folie.

Bizarrement, cela la réconforta. Il savait qu'il pouvait compter sur ces femmes pour l'aider à récupérer Reba.

— Pas par la folie, mais par des lionnes, mon pauvre gars. Nous sommes bien plus tarées, dit Luna en lui faisant un clin d'œil.

— Je pense qu'on pourrait avoir besoin de cette folie.

— Ne t'inquiète pas, Charlemagne. Tout ira bien pour Reba.

Pour le moment. Mais ça n'allait pas durer. Vivienne avait sûrement une raison de vouloir que Reba soit seule. Ce n'était pas de bon augure pour son *chaton*. Pourquoi est-ce que ce stupide ascenseur ne se dépêchait-il pas ? L'ascension semblait prendre une éternité. Arrivant au quinzième étage, il ralentit et s'arrêta. Les portes mirent très longtemps à s'ouvrir et il les franchit avant qu'elles n'aient terminé de le faire, observant le couloir vide en jurant.

— Elles sont parties.

C'était de sa faute. Sa putain de faute, car il n'avait pas réalisé qui il avait en face de lui. Vivienne s'était probablement envolée avec Reba dès l'instant où il était parti.

*Comment ai-je pu partir ? Comment n'ai-je pas réalisé qu'elle était une impostrice ?* Parce qu'il avait pensé avec sa bite. Son manque de bon sens lui coûtait cher. Un tas au bout du couloir attira son attention. C'était la ceinture de son chaton qui était tombée par terre. Il franchit la porte, retenant son souffle en passant près de l'endroit où il l'avait récemment revendiquée et prit les escaliers qui menaient au toit. Il arriva trop tard, le battement des rotors de l'hélicoptère au loin lui rappelant son échec d'un air moqueur.

Il ne restait plus qu'une pile de tissu sur l'asphalte goudronné. Il tomba à genoux et serra le costume contre sa poitrine. Reba s'était manifestement métamorphosée, mais ne l'avait pas vaincue. *Et moi, je suis arrivé trop tard.*

Il redescendit les escaliers en titubant et en voyant les lionnes, il s'énerva :

— Elles sont parties.

Mais ses paroles n'empêchèrent pas Luna et Stacey, le visage grimaçant, d'ouvrir les portes de l'étage. Vide. Tout était vide. Un grand piège conçu pour le ridiculiser et capturer la seule chose, la seule personne qui comptait pour lui.

Quand était-ce arrivé ? Comment ? Quand est-ce que la curiosité et le désir s'étaient-ils transformés en affection ? Quand avait-elle commencé à compter à tel point qu'imaginer Reba dans les griffes de Vivienne le remplisse de désespoir ?

L'ancien Gaston aurait haussé les épaules en sachant que Vivienne retenait Reba prisonnière. Telles étaient les conséquences de sa vengeance, Sauf que pour la première fois depuis longtemps, il en avait quelque chose à faire. Et le clan de lions de Reba aussi. Tout le monde en avait quelque chose à faire putain, pourtant, cela ne les aidait pas à la retrouver, même s'ils parcouraient les étages à la recherche d'indices.

Même si leurs meilleurs technophiles cherchaient des réponses, personne ne trouva rien.

Il n'était pas le seul à exprimer sa frustration.

Luna, la vraie Luna, passa un appel peu poli à Melly.

— Je croyais que tu pouvais avoir accès à toutes les compagnies d'hélicoptère de la région, putain ? Comment ça se fait que tu ne saches pas où elles sont parties bordel ? Quelqu'un lui a forcément loué cet hélico.

— À moins qu'elle ne l'ait pas loué ! s'énerva Melly dont l'agacement se manifestait haut et fort étant donné que Luna l'avait mise sur haut-parleur. Tu n'imagines même pas toutes les ressources qu'a cette fille. On n'arrête pas de découvrir de nouvelles choses sur elle.

— T'es en train de me dire que les riches qui possèdent un hélicoptère n'ont pas besoin de déclarer leur plan de vol ou autre ?

— Pas à la hauteur à laquelle elles volent.

— Mais elle ne peut pas être allée bien loin. C'est un hélicoptère. Il va finir par atterrir et faire le plein à un moment donné.

— Je regarde d'autres adresses, mais cette garce est maligne. Elle a piraté mon hacking. Elle joue avec nous, avec moi depuis le départ. À chaque fois que je pense avoir élucidé son bordel, une autre piste apparaît et dès que je m'y aventure, je découvre un autre merdier sournois. Cette chienne est partout.

Les toiles que Vivienne avait tissées s'étendaient apparemment dans le monde entier. C'est pourquoi Gaston n'avait jamais réussi à totalement l'éradiquer et qu'elle refaisait constamment surface, et disparaissait parfois pendant plusieurs années. Mais dès qu'elle réapparaissait, Gaston était là, prêt à la piquer. Et pourquoi ? Cela ne ramènerait pas sa sœur et cela lui avait désormais coûté son amoureuse.

— Ces délais sont inacceptables. Plus on met du temps à trouver Reba, plus Vivienne a le temps de lui faire du mal.

Quelque chose qu'il ne pouvait tolérer.

— Ben qu'est-ce que t'aimerais que je te dise, putain ? grogna Luna. Ça ne me plaît pas plus que toi, mais à moins de sortir un tour de magie bizarre de ton cul, il va falloir faire avec. Dans les films on a l'impression que les piratages et révélations se font en une nuit. Ces choses-là prennent du temps.

Et pourtant, s'il y avait bien une chose qu'ils n'avaient pas, c'était du temps.

En revanche, il avait bien accès à de la magie, une magie spéciale. Mais celle-ci nécessitait un sacrifice. C'était toujours le cas avec la magie du sang. Il savait de quoi il parlait, il était un nécromancien et la magie du sang était sa spécialité. Pour ceux qui ne le savent pas, la nécromancie est la magie des morts, mais le sortilège des morts devait bien venir de quelque part, et la magie la plus puissante exigeait qu'il porte un coup fatal.

Il s'était juré d'arrêter d'utiliser cette magie. Sa séduction sombre avait attiré plus d'un nécromancien du côté obscur. Même encore maintenant, cette souillure l'assombrissait. Faisant pulser son besoin de vengeance. *Je lui ai dit que je n'étais pas quelqu'un de bien.*

Pourtant, s'il s'abstenait et n'utilisait pas son pouvoir, Reba pourrait mourir.

Le choix ne fut pas difficile, et la victime fut plus facile à obtenir que prévu quand Luna annonça simplement :

— Je peux te trouver ce dont tu as besoin d'ici une heure.

Deux heures plus tard, baignant dans du sang frais, Gaston sut où se trouvait Reba. Et elle avait des ennuis, évidemment, mais pas seulement à cause de Vivienne. *Qu'as-tu fait, chaton ?*

## CHAPITRE DIX-HUIT

*Chéri chéri.*

Reba rêvait de lui. Tony, son chéri magique. Avançant vers elle au cœur d'un paysage orageux, ses yeux étincelant d'un feu gris, tout grand, fin, impitoyable, vêtu d'un de ses costumes. Comme elle voulait avoir le temps et l'intimité nécessaires pour le lui enlever et vraiment admirer chaque centimètre de ce superbe corps. *Un corps qui est le mien.*

*Tout à moi.*

*Donnez-moi ça.*

— Où es-tu ?

Ses paroles résonnèrent partout et nulle part à la fois. Elles la caressèrent avec puissance, la remplissant de leur chaleur.

— Je suis juste là, mon chéri.

Elle courut et bondit sur lui à quelques mètres. Un son joyeux lui échappa quand il l'attrapa en l'air et l'attira contre lui.

— C'est où ici ? Il faut que je voie, *chaton*. Laisse-moi être en toi pour que je puisse voir où tu es.

— Tu fais déjà partie de moi, ronronna-t-elle en se frottant contre lui. Je t'ai marqué. Tu es à moi. Tout à moi.

— Tu as fait quoi ?

Pendant un moment, son grand et audacieux Tony parut décontenancé.

— Je t'ai marqué dans les escaliers. Tu te souviens de ce petit suçon ?

— On parlera de ça plus tard.

— Pourquoi pas maintenant ? murmura-t-elle, enroulant ses bras autour de son cou, l'attirant plus près. Nous sommes tous seuls.

— Même si j'aimerais beaucoup, le temps nous est compté, *chaton*. J'utilise la magie pour pouvoir te parler. Je ne sais pas où tu es. Vivienne t'a capturée. Elle croit pouvoir nous séparer.

— Cette garce commence vraiment à m'énerver.

— Elle a mis en colère beaucoup d'entre nous, alors laisse-moi entrer pour que je puisse te retrouver.

— Tu le veux, mon chéri ? Alors, prends-moi.

Elle écarta grand les bras.

— Prends-moi vite et fort.

— Je crois que je vais le faire.

Il la souleva et ses grandes mains saisirent ses fesses, la tenant en l'air et mieux encore, ils se retrouvèrent soudain nus. Leurs peaux se frottèrent l'une contre l'autre, douces comme la soie et électriques. Elle s'accrocha à lui, cherchant autant de contact que possible. Sa bouche se mêla à la sienne, leur baiser fut électrique et interminable.

Le bout de son sexe se pressa contre son entre-jambes, demandant à entrer.

— Laisse-moi entrer, chuchota-t-il contre elle.

— Oui.

Elle lui donna son accord, la marque qu'elle lui avait donnée ouvrant la voie pour qu'il la pénètre, pas seulement avec sa bite imaginaire, mais aussi avec son essence. Une partie de lui entra en elle, se mêlant à son être, comme une partie d'elle avait fusionné avec lui durant la morsure.

La double pénétration fut comme un choc. Quelque chose s'installa entre eux, une magie aussi ancienne que la vie elle-même. Pendant un instant, ils restèrent en suspens, dans une félicité parfaite, mais tout finit par retomber. Cependant, quelque chose avait changé.

Leurs âmes étaient désormais liées, elle le sentait en elle. Chacun d'eux partageait un morceau de l'autre qui transcendait le simple plaisir physique. *Nous sommes liés à jamais*. Mais ce ne fut pas pour autant qu'il passa à côté du plaisir.

Sa version imaginaire la martela, vite et fort, une revendication vigoureuse de son corps qui la fit haleter et gémir son prénom jusqu'à ce qu'il jouisse, déversant un peu plus de son âme en elle et la frappant d'une extase si intense qu'elle se réveilla le souffle court en criant son prénom.

— Tony !

*Paf.* Le coup brutal la fit sursauter, la faisant passer de l'extase totale à... *je suis où bordel ?* Et avec qui ?

Ouvrant les yeux, elle remarqua que c'était Vivienne qui lui avait administré cette deuxième gifle et que celle-ci se tenait à côté d'elle. Mais ce qui était plus préoccupant que la témérité de cette garce qui la frappait, c'était qu'elle était actuellement attachée à un autel en pierre.

Ça ne présageait rien de bon. Surtout qu'elle était presque sûre qu'un certain héros avec un lasso[1] avait pris sa retraite. Peu importe. Elle n'avait pas besoin d'un homme pour la sauver.

— Je me sauverai toute seule, murmura-t-elle.

— Impossible. Je sais très bien faire les nœuds. Et Gaston ne viendra pas. Je t'ai capturée – elle gloussa – et il ne sait pas où tu es.

— Et pourtant, tu as mis du rouge à lèvres et... c'est du parfum que je sens ?

Reba remarqua aussi que Vivienne était plutôt attirante avec ses cheveux blonds détachés, vêtue d'une robe blanche et diaphane assez transparente par laquelle on voyait ses tétons et apparemment, elle n'avait pas taillé son buisson.

— Eh ben, tu parles d'un étalage de marchandises, marmonna-t-elle.

Cependant, elle était moins préoccupée par la tenue vulgaire de Viv que par la situation. Non seulement elle était attachée à un autel en pierre, les poignets et les chevilles entravés, mais en plus elle portait la même robe de salope que Viv.

— Qu'est-il arrivé à mon costume sur mesure ?

Dans les films, ils ne déshabillaient jamais les superhéros. Et dans les films, le gars venait toujours sauver la fille.

Bien qu'habituellement elle lutte toujours pour les droits de la femme, là, actuellement, elle était prête à faire une exception. Ça pourrait être assez sexy que Tony vole à son secours.

D'un moment à l'autre.

— Maintenant que tu es réveillée, la cérémonie peut commencer.

— Quelle cérémonie ?

— La cérémonie pour te transformer évidemment. Je pensais d'abord te changer en whampyrs. Les femmes whampyrs sont tellement rares, parce qu'elles sont difficiles à fabriquer. Mais ensuite, je me suis dit que ce serait du gâchis parce que tu pourrais encore tenter Gaston après notre mariage.

— Il ne t'épousera pas.

— Si. Il m'aime. C'est la raison pour laquelle il est resté célibataire tout ce temps. Il attend ce moment depuis très longtemps.

— Quel âge as-tu exactement ?

Et surtout, quel était son secret ?

— Vingt-neuf ans, pour toujours.

— Tu te rends bien compte que si tu me fais du mal, mon clan te réduira en miettes.

— Ton clan ne peut pas m'arrêter. Personne ne le peut. J'ai appris tellement de choses. Des choses que même Gaston ne peut pas imaginer. Cette fois-ci, je suis prête pour lui. Cette fois-ci, je prouverai que je suis digne de son pardon et j'aurai mon trophée.

Une dague en argent s'éleva au-dessus de leurs têtes alors que Viv la tenait en l'air et psalmodiait. Cela ressemblait à du charabia avec des passages probablement importants. Alors Reba s'inspira de son amie Meena et se mit à piailler.

— C'est moi où le poil sous ta ceinture est plus foncé que sur ta tête ? Tu les teins ? J'avais une tante qui se décolorait le pubis en blond, mais laissait ses cheveux foncés. Je ne comprends pas bien pourquoi quelqu'un ferait ça. Tout comme je ne comprends pas ce délire d'avoir un piercing au clitoris.

— Argh. Tais-toi.

— Non.

Les gens qui se taisaient étaient ceux qui n'avaient rien à dire. Reba avait toujours quelque chose à dire.

— Tu sembles penser que tu contrôles la situation, pourtant c'est moi qui tiens ce couteau.

La lame se balançait au-dessus de la poitrine de Reba.

— Alors, vas-y, poignarde-moi et finissons-en. Espèce de lâche.

— Je ne suis pas une lâche.

— Alors, pourquoi m'avoir attachée ?

— Parce que les gens gigotent toujours quand je les poignarde.

Son sourire féroce méritait presque des applaudissements.

— Eh bien, moi je crois aux combats équitables. Et tu devrais en faire autant.

D'un coup sec, Reba libéra sa jambe – les gens sous-estimaient toujours sa force – et donna un coup de pied dans le bras de Viv.

Elle la cogna avec violence et entendit le cliquetis du métal alors que la dague tombait sur le sol en pierre. Mais un membre de libre ne servait pas à grand-chose. Reba tira, se servant de son côté animal pour briser les autres liens, de simples sangles en tissu. Un ravisseur intelligent aurait utilisé des chaînes en argent.

Et Reba avait apparemment oublié que Viv était justement intelligente. Elle se tenait devant la porte du mausolée avec un sourire mauvais.

— J'imagine que c'est là que je mentionne que même te transformer en goule aurait été du gâchis. Mais te donner à manger à mes animaux ? Assure-toi de crier et d'agoniser en direction de la caméra. Quand je jouerai la vidéo plus tard, je veux que Gaston en vive chaque instant.

Une fois qu'elle eut prononcé son discours de vilain, Viv s'en alla et la porte en pierre de la crypte, se referma derrière elle avec un bruit sourd, puis le clic d'une serrure fut enclenché. Mais ce qui était plus inquiétant encore, c'était le frottement de la pierre contre la pierre.

Un frottement qui semblait venir de la crypte et il n'y avait plus de lumière pour qu'elle puisse voir quoi que ce soit. Personnellement, Reba ne pensait pas que c'était le tabac qui tuait, mais plutôt le fait de ne pas avoir de briquet dans ce genre de moment.

En cas de doute, mieux valait se transformer en félin. Sauf que lorsque Reba tenta d'appeler son chaton intérieur, celui-ci avait disparu. Il ronflait dans son esprit, drogué et inerte.

*L'ex-petite amie de Tony commence vraiment à m'énerver.*

Elle ne pouvait pas compter sur sa lionne. Peu importe. Même depuis son plus jeune âge, les parents de Reba s'étaient assurés qu'elle ne se retrouve jamais impuissante. Elle s'accroupit à moitié, prête à tout, sauf à ce gros truc gluant qui atterrit sur elle en tombant du plafond !

Soudain, les centaines de films d'horreur qu'elle avait

vus au fil des ans lui revinrent en mémoire et Reba fit quelque chose de très féminin.

Elle hurla.

---

1. Référence à Indiana Jones

## CHAPITRE DIX-NEUF

Pourquoi ô pourquoi les nécromanciens devaient-ils être toujours clichés et se battre dans les cimetières la nuit ? C'était déjà le cas dans tous les films et séries télévisées. Pourquoi cela devait-il aussi se produire dans la vraie vie ?

Gaston sortit de sa Lamborghini, la voiture la plus rapide qu'il possédait, pour se rendre dans ce cimetière immense en dehors de la ville. Vraiment immense. Des milliers et des milliers de personnes étaient enterrées ici. Tellement d'âmes liées, tellement d'étincelles sous la terre et la crypte qui parsemaient le paysage. Prisonnières de leur chair pourrissante. Seul le feu, un feu qui brûlait jusqu'aux cendres pouvait libérer ce genre d'énergie.

Ou bien un nécromancien.

Il se souvenait encore de la première fois qu'il avait touché une étincelle d'âme. Son grand-père était sur son lit de mort et Gaston la voyait clairement, cette étrange tache de lumière qui essayait de quitter son corps. Alors il l'avait aidée. Son grand-père était mort, puis son père avait essayé de le faire tuer. C'était sa grand-mère qui l'avait sauvé, lui et sa sœur, leur apprenant le chemin des morts.

Dommage qu'elle ne lui ait pas non plus montré comment vivre. Avec Reba, il avait l'intention d'apprendre.

Les étincelles sous la terre et dans les caveaux l'appelaient, mais pour le moment, il laissait les morts dormir. Il tourna sur lui-même, levant la tête, tel un prédateur, flairant le vent, sauf qu'il sentait à un tout autre niveau, d'une façon plus ésotérique. Pour lui, les couches de magie arcanique étaient comme des couleurs superposées à la réalité. Tout ce qui vivait et tout ce qui était mort avait une couleur particulière. Mais seule une chose les surpassait toutes.

Sans tourner la tête, il pivota jusqu'à ce qu'il soit face à l'ouest et se fraie un chemin à travers les tombes. Derrière lui, il entendait le bruit des roues contre le gravier alors que d'autres voitures arrivaient derrière lui.

Il ne leur prêta pas attention. Tout comme il ne fit pas attention aux flaques sombres qui se cachaient derrière les statues. Encore des surprises de Vivienne. Laissons les chats de gouttières et chiens errants s'occuper d'elles. Il avait autre chose en tête.

Certains des monstres ne tinrent pas compte de la mine sombre de Gaston. Au contraire, ils sortirent de leur cachette et décidèrent de lui barrer le passage.

— Vous croyez vraiment que vous devriez vous mettre en travers de mon chemin ? dit-il à voix haute. Dites à votre maîtresse qu'elle a commis une grave erreur.

Les créatures ne l'écoutèrent pas et la première d'entre elles, une chose avec de nombreux tentacules, se glissa sur les pierres tombales et s'approcha de lui.

*Je n'ai pas le temps ni la patience pour ça.* Les obstacles sur son passage devaient mourir, mais il devait le faire sans perdre de temps. Il connaissait un moyen très efficace. Il saisit l'étincelle de vie des monstres de ses doigts fantômes et l'arracha de leur corps. Ils tombèrent par terre, réduits en cendres et l'obscurité en lui se délecta de cette barbarie.

Il agita la main et la poussière des cadavres s'écarta de son chemin. Puis, une nouvelle série d'obstacles la remplaça. Les créatures magiques n'apprenaient jamais de leurs erreurs, donc ceux qui continuèrent à lui bloquer le passage moururent également très brusquement – ce qui suscita quelques plaintes de la part de ses alliés les félins.

— Laisses-en un peu pour nous, non ?

Elles allaient devoir avancer plus rapidement, car il ne laisserait rien se mettre en travers de son chemin.

Pas même Vivienne.

Elle se tenait devant le mausolée qui retenait prisonnière son trophée brillant. Une erreur passée qui le hantait depuis trop longtemps.

*Ce soir, c'est la fin.*

— Tu es là plus tôt que prévu, dit-elle alors que la torche qu'elle avait allumée à la porte de la crypte illuminait ses cheveux clairs et sa robe transparente. Tu as hâte de reprendre contact, mon amour ? dit-elle en lui adressant un sourire charmeur.

Il resta de marbre.

— Je ne suis pas ton amour et je ne suis pas là pour toi. Écarte-toi.

— Ne me dis pas que tu te languis d'être avec ta féline. Tu vaux mieux que ça. Tu vaux mieux que toute son espèce. Se reproduire avec les animaux, c'est dégoûtant.

— Tu es la seule chose dégoûtante ici. Tu n'es qu'obscurité.

Effectivement, l'aura de Vivienne n'avait rien de coloré. Elle n'était qu'un vide derrière le tissu, un trou qui aspirait l'énergie autour d'elle. Était-ce à ça qu'il ressemblait ? À quoi ressemblaient tous les nécromanciens ? Il n'avait jamais pensé à poser la question et la plupart de ses rares semblables gardaient leur aura bien fermée.

— Pourquoi insistes-tu en condamnant ce que nous ne pouvons pas changer ? Nous sommes des créatures de la nuit.

— Arrête de tergiverser et écarte-toi de la porte.

La lumière derrière celle-ci l'appelait.

Et pourtant, Vivienne lui barrait encore le passage.

— Tu arrives déjà trop tard. À l'heure qu'il est, ta pute s'est fait déchiqueter par les résidents de cette crypte. Ils étaient endormis depuis tellement longtemps, ils étaient affamés.

— Elle n'est pas morte.

Il le saurait. Tout comme Vivienne savait que Reba était toujours en vie. C'était pour cela qu'elle se mettait en travers de son chemin, gagnant du temps.

— Bouge, ordonna-t-il sans s'attendre à ce que cela fonctionne.

— Non, rétorqua Vivienne en croisant les bras. Je fais ça pour ton bien. Pour notre futur ensem...

Il leva la main, absorbant la magie de cet endroit – il y avait tellement de magie là où il y avait la mort – et envoya valser Vivienne un peu plus loin, mais pas assez loin pour qu'il ne l'entende pas heurter quelque chose en tombant. Tant mieux. Il n'en avait pas encore fini avec elle.

Il parcourut les derniers mètres qui le séparaient de la crypte et agita la main pour déplacer la porte en pierre. Un verrou sur celle-ci osa se mettre en travers de son chemin. Il l'écrasa sous sa poigne.

Il poussa la porte et l'ouvrit et à travers la lumière de la torche à côté de lui, il remarqua que la pièce était remplie de silhouettes grises, des goules voûtées et féroces, tendant leurs mains vers Reba. Elle était recouverte d'une substance visqueuse et pendait suspendue au plafond, les chandeliers fixés à une courte chaîne métallique constituant un perchoir précaire.

Elle lui fit signe et sourit.

— Hé, mon chéri. C'est gentil d'être venu. Ton ex et moi étions justement en train de faire connaissance. On s'est tellement bien entendues qu'elle m'a invitée à dîner avec ses amis.

Complètement fou ce chaton. Son *chaton*.

— *Auuudiaaat*, siffla-t-il et les goules dans la pièce cessèrent d'attaquer Reba.

À l'unisson, elles se tournèrent vers lui. Elles ne purent résister à son ordre, mais celui-ci finirait par s'estomper. Les morts-vivants avaient besoin d'une surveillance constante pour rester dans les rangs.

— Viens vers moi et vite. Ça ne les retiendra pas longtemps, lui ordonna-t-il.

Reba sauta sur l'autel puis par-dessus deux corps avant de heurter le sol, les genoux repliés et de courir vers lui. Il se prépara à ce qu'elle lui bondisse dessus. Il ne fut pas déçu. Elle enroula ses jambes autour de lui.

— Mon chéri, tu es là.

— Je t'avais dit que je ne laisserais personne te faire de mal.

— Quel héros parfait tu fais.

Il grimaça.

— Les nécromanciens ne sont pas des héros.

Dans aucun conte.

— Mais je parie qu'ils attirent les filles sexy, dit-elle en lui mordillant le menton.

— Je n'ai besoin que de toi, lâcha-t-il avant de penser à se retenir.

— Comme c'est touchant, dit une voix pleine de sarcasme.

Gaston se retourna, lentement, très lentement, car l'intimidation faisait partie du jeu.

— Je vois que tu es de retour. Ce n'est pas malin, Vivienne. Mais je me sens charitable ce soir.

Pas vraiment, mais combattre Vivienne voulait dire qu'il devait reposer Reba. Personnellement, il trouvait que la garder accrochée à lui en permanence avait du bon.

— Je vais te donner une chance de partir et de tout recommencer à zéro sans que je te pourchasse. J'en ai assez de venger la mort de ma sœur.

Il était temps d'avancer dans sa vie – avec Reba.

Mais elle n'écouta seulement que quelques parties de son discours. Vivienne parut triomphante lorsqu'elle lui dit :

— Je savais que tu me pardonnerais. Nous sommes faits l'un pour l'autre.

— Jamais. Mieux vaut m'oublier, Vivienne.

— Tu l'as entendu, sale garce. Tony est pris. Parce qu'il est à moi.

Oui, le sien.

— Je ne parle pas aux animaux domestiques. Silence, dit Vivienne en levant la main vers elle, jetant un sort à Reba et Gaston le fit dévier.

— Comment oses-tu ? s'énerva-t-il. Je t'ai laissé une chance, mais tu ne veux pas m'écouter. J'en ai fini avec toi. Si tu crois que je vais te laisser faire du mal à mon âme sœur...

— Qu'est-ce que tu viens de dire ?

Ses traits s'affaissèrent et pendant un instant, toutes ses nombreuses décennies marquèrent son visage.

— Mon âme est liée à celle de Reba. Nous sommes unis pour l'éternité et tu sais ce que ça veut dire. Il n'y aura plus jamais aucune autre femme.

— Sérieusement ?

Reba se mit face à lui, lui bloquant la vue, l'air rayonnant.

— C'est trop sexy, continua-t-elle. Et j'imagine que ça veut dire que le fait de t'avoir marqué un peu plus tôt ne pose pas de problème. C'est presque dommage. J'avais hâte qu'on fasse l'amour après s'être réconciliés.

— Et si à la place on faisait plutôt l'amour parce que personne n'est mort ? murmura-t-il alors que le sol grondait sous leurs pieds.

— C'est pas un tremblement terre, si ? demanda Reba en s'écartant.

— Tu as déjà vu l'Armée des Morts ?

— Oh, mon Dieu, c'est l'apocalypse de zombies ! dit Reba en tapant dans ses mains avec une joie évidente. Tu m'organises vraiment les meilleurs rencards.

—Rappelle-toi, ce n'est pas comme dans les films. Ce

n'est pas parce que tu leur arraches la tête qu'ils vont s'arrêter. Il faut leur couper les membres.

— Oh, mon Dieu, on va se battre avec des morts-vivants !

Elle avait l'air extrêmement excitée. C'est pourquoi sa petite moue n'avait aucun sens.

— Et je n'ai même plus mon super costume.

— Détrompe-toi.

Il le sortit d'une de ses poches et le lui tendit avant de s'éloigner. Il avait gardé le morceau de tissu près de lui, ayant besoin d'un objet qui l'avait touché intimement pour pouvoir effleurer son esprit pendant que celui-ci dormait.

La tenue qu'elle tentait d'enfiler lui permit de la tenir à l'écart pendant qu'il s'occupait de Vivienne. Son ancienne fiancée ne paraissait pas très satisfaite de la tournure que prenaient les choses. La jalousie vieillit ses traits et elle tordit les lèvres. Elle écarta les bras en criant de façon gutturale :

— *Surgere* !

Il était l'heure de jouer.

Un vent se leva de nulle part, frais et transportant l'odeur des tombeaux. Tout autour du cimetière, le sol se mit à onduler tandis que Vivienne tendait les mains et caressait les étincelles encore présentes dans les corps en décomposition. Elle caressait ces mottes d'énergie qui se pliaient à sa volonté.

Mais elle n'était pas la seule à pouvoir le faire.

Gaston leva les bras vers le ciel et pencha sa tête en arrière, les yeux fermés. Il écarta les lèvres en murmurant :

— *Ego præcipio tibi*.

*Je te l'ordonne.*

*Je suis le maître des morts. Le maître de la vie et de la mort. Plie-toi à ma volonté et attaque.*

Et à la double demande des nécromanciens, les morts se levèrent pour se battre.

## CHAPITRE VINGT

Je suis *putain d'impressionnée*. Même la féline encore endormie de Reba admira ce qui était en train de se produire. Son compagnon pouvait contrôler les morts. C'était assez flippant. Et cela puait plus que prévu. Mais c'était putain de cool.

Tony avait même l'air sexy en le faisant, habillé tout en noir, un vent fantôme soulevant ses cheveux, les traits durs et implacables.

— Bon sang.

La remarque admirative de Luna qui s'approchait fit sourire Reba.

— Je sais, soupira-t-elle avec joie. Il est tellement sexy. Il est aussi à moi. Alors baisse les yeux pétasse, sinon je te les arrache du visage.

— J'ai déjà un homme alors range tes griffes.

— Est-ce qu'on doit rester en arrière et laisser son armée de zombie faire le travail où on peut jouer nous aussi ?

Elles entendirent des doigts craquer alors que Joan arrivait du côté de Reba, s'étirant pour se préparer.

— Ce serait impoli de ne pas le proposer au moins.

— Le summum de l'impolitesse.

— Et ce serait gâcher nos meilleures tenues, ajouta Stacey qui avait rejoint la bande en se trémoussant et en rebondissant sur les pierres tombales et les monuments pour sauter dans les airs et éviter les zombies déjà engagés dans la bataille.

— On y joue sous notre forme de félin ? demanda Reba.

Le sien était toujours en train de bâiller et pas en état de combattre.

— On ne peut pas libérer les chattes. Melly a dit que quelqu'un avait prévenu les médias. Donc il y a peut-être des caméras, ce qui veut dire qu'il faut que ça rende bien pour Internet et n'oubliez pas de mettre ça.

Luna leur tendit des masques pendant que Stacey tendait la batte de Reba dans sa direction. Batte en place. Elles se tapèrent dans les mains en scandant :

— Les Pires Connasses au combat !

Poussant des cris plus ou moins forts, les super-héroïnes multicolores se mirent en action. Comme elles ne pouvaient pas différencier les gentils zombies des méchants zombies, elles les tuèrent tous. Elles les pulvérisèrent en tas d'os et débris macabres. Elles les piétinèrent jusqu'à ce que même ces morceaux-là ne bougent plus. Et tout le monde passa un bon moment.

Reprenant son souffle, Reba remarqua que Gaston et Vivienne s'affrontaient toujours, leur combat était moins physique, pourtant, tout le monde pouvait attester qu'ils se battaient. La tension se lisait sur leur visage et dans leur posture.

Il était temps d'en finir. Se pavanant au milieu du

champ de bataille, Reba enfonça sa batte dans un crâne partiellement décomposé, puis continua son chemin. Mais en les frappant à la tête, elles ne faisaient qu'aveugler les zombies. Il fallait vraiment s'acharner pour les anéantir complètement. Alors Reba eut une idée afin d'accélérer les choses.

*Je parie que si j'élimine la maîtresse des zombies, ce combat prendra fin.* Avec cette idée en tête, Reba fonça vers Viv, éliminant les morts sur son passage. Son plan aurait également fonctionné, sauf que Viv avait mieux encore que des zombies pour surveiller ses arrières. Quelque chose tomba du ciel et attrapa Reba. Des talons tranchants s'enfoncèrent dans ses épaules, l'agrippant fermement, assez fermement pour qu'un battement d'ailes la soulève du sol.

Plutôt cool, sauf que quand cet enfoiré arriva assez haut dans le ciel, il la relâcha et Reba tomba. Dans ces moments-là, Reba était convaincue que la gravité la détestait.

— Tony !

Elle hurla son prénom quand elle vit que le sol se rapprochait dangereusement pour lui dire bonjour. Sauf qu'elle ne heurta jamais le sol. Un coussin d'air froid amortit sa descente et elle atterrit sur ses deux pieds. Elle se baissa immédiatement.

Ce qui était une bonne chose, car le monstre ailé revint pour un deuxième round et la rata de peu.

— Laisse-la tranquille.

Tony leva la main et elle lut la tension sur son visage alors qu'il essayait de lancer un sort au monstre.

— On va profiter qu'il soit occupé pour qu'on ait une discussion entre filles.

Un serviteur enroula ses doigts dans la chevelure de Reba, la saisissant et la forçant à se mettre à genoux devant Vivienne.

Elle se débattit, mais les goules qui la maintenaient n'étaient pas aussi faciles à combattre que les zombies.

— Merci d'avoir rendu cette soirée si excitante ! s'exclama Reba en se tordant.

Elle parvint à casser le poignet de la goule qui la tenait. Elle échappa à l'emprise de son autre main et plongea vers Viv, pour finalement se figer quand la sorcière cracha :

— *Duratus.*

— Je vais devoir appeler ça de la triche si tu continues, grogna Reba.

— J'en ai assez de jouer.

— Parce que je gagne.

— C'est moi qui ai le dessus. C'est qui commande ! cria Viv.

Cela n'impressionna pas Reba qui bâilla.

— Espèce de salope insolente. On va voir si Gaston apprécie que ton sang imbibe le sol.

La pointe du couteau allait piquer la peau de Reba d'un instant à l'autre quand soudain, un rugissement des plus primitifs fit trembler l'air.

— Tu. Ne. Lui. Feras. Pas. De. Mal. *Vaaaaaaade*, cria-t-il.

Et même si Reba ne comprenait pas le latin, à cet instant-là, étant étroitement liée à Tony, elle sut ce que cela voulait dire.

Va-t'en.

Après avoir donné cet ordre, Tony ajouta une pression, une pression forte qui stoppa les zombies de partout ; et même les goules prirent note. Puis tout ce bordel se mit à exploser. Genre littéralement. Des membres giclaient de partout. L'emprise fantomatique sur son corps se relâcha, lui permettant d'attraper le couteau qui le visait et de l'arracher. Quelque chose la frappa à l'arrière de la tête et elle vacilla. Quand elle se releva à nouveau, Vivienne avait disparu. Tout ce qu'il restait, c'était du sang et des morceaux de cadavres, une véritable scène de film d'horreur.

Cool.

Des bras forts et puissants s'enroulèrent autour d'elle et la soulevèrent. Tony la serra contre lui.

— Et c'est pour ça que tu étais censée rester à la maison grogna-t-il contre elle, sans se soucier de tout ce gore.

— Mais alors j'aurais manqué tout ce fun.

— Parce qu'un cimetière et des centaines de corps en décomposition c'est fun ? soupira-t-il. Pourquoi es-tu si parfaite ?

— Euh, allô, je suis une lionne. Mais avant que tu ne me dises à quel point je suis géniale, est-ce que quelqu'un a vu Viv ? Elle est morte ?

Difficile à dire avec tous les morceaux de corps éparpillés un peu partout.

— Je ne sais pas.

Il secoua la tête en jetant un coup d'œil autour de lui.

— Mais je doute que nous soyons aussi chanceux. Elle a déjà réussi à s'extirper de situations bien pires auparavant.

— Tu veux dire qu'elle risque de revenir ? dit Reba dont le visage se mit à rayonner alors qu'elle criait : Hé, les filles ! On aura peut-être l'occasion de recommencer.

Son annonce fut suivie d'acclamations et de bavardages excités.

— Reba a eu une bonne idée avec sa batte, sauf que la mienne aura des piques dessus.

— Ça s'appelle une massue.

— Pas si elle est longue et mince.

— Bande d'idiotes, moi je vais prendre un lance-flammes. Moi je dis qu'on rôtit leurs culs pourris comme des kebabs.

Et ainsi de suite. Même Melly qui avait tout filmé avait des conseils à donner, y compris un plan afin de fabriquer un Taser pour les morts-vivants.

Gaston fronça les sourcils.

— Pourquoi a-t-elle filmé ce carnage ? Elle ne compte quand même pas le publier, si ?

— Elle va devoir le faire si elle veut foutre en l'air toute cette enquête. Sinon comment expliquer la présence de tous ces corps déterrés, qui, je le répète n'ont jamais l'air de puer autant dans les films.

— Avoir affaire à des morts quand on est olfactivement sensible n'est pas très plaisant.

— Voilà une façon élégante de dire que ça pue. Je préfère qu'on s'en tienne aux démons à l'avenir. Mais je dois dire que travailler avec toi a été un plaisir. T'es vraiment un dur à cuire, dit-elle en passant un bras autour de son cou.

— Dur à cuir à quel point ?

— Je te montrerai à quel point si tu me fais prendre une douche, annonça-t-elle en se penchant en avant, chuchotant de sa voix la plus coquine : D'abord, je vais te laver et ensuite, on va faire du sale.

— Tes désirs sont des ordres.

— Pas tant que la situation n'est pas sous contrôle bande de tourtereaux dégoûtants ! hurla Luna. Les Connasses ! Faites un tour du cimetière.

En faisant leur tour d'inspection, elles tombèrent sur quelques retardataires et une autre crypte remplie de goules. Des métamorphes partirent gagner du temps avant que les premières lumières bleues et rouges n'arrivent, pendant que l'équipe de nettoyage arrivait. Mais ils ne furent pas les seuls occupés cette nuit-là. L'équipe technique du clan s'occupait des journalistes qui avaient vu une partie des événements. Ils allaient devoir inventer une histoire pour discréditer les images.

— Est-ce qu'on doit rester pour aider ? demanda Reba.

— Tu nous prends pour qui ? Des serviteurs ?

Ce type était tellement arrogant, on ne pouvait pas faire autrement que de l'aimer.

*Putain de merde, j'aime ce mec.*

Même s'il n'avait pas le pouvoir de se téléporter – un peu décevant – il avait apporté sa Lambo et il avait aussi accès à un nouvel appartement, un grand appartement avec une douche gigantesque. Avant qu'elle ne puisse entrer dans celle-ci, des mains fantomatiques la saisirent et la plaquèrent contre le mur, à quelques centimètres du sol.

— Qu'est-ce que tu fais ? demanda-t-elle, très intriguée.

— Je me suis rendu compte qu'avec tout ce qui s'est passé, je ne t'ai jamais montré comment je pouvais te donner du plaisir sans me servir de mes mains.

— Ça ne me dérange pas. J'aime bien sentir tes mains sur mon corps.

— Moi aussi, mais c'est plus difficile de regarder ton visage en même temps.

Il s'appuya contre la coiffeuse de la salle de bains et ses yeux mi-clos examinèrent chaque centimètre de sa silhouette.

— Il me semble que tu portes trop de vêtements, dit-il.

*Oui. Oui c'est vrai.* Heureusement qu'il comptait faire quelque chose à ce sujet.

Des doigts invisibles lui enlevèrent son costume, le tirant par-dessus ses seins dont les tétons étaient déjà durs, le faisant glisser sur ses hanches pleines, et assez bas le long de ses cuisses pour que la gravité finisse le travail.

Le costume heurta le sol et elle planait toujours au-dessus, le poids fantôme la maintenant plaquée. Elle avait les yeux rivés sur Tony, elle adorait cette façon qu'il avait de la regarder.

*Je devrais lui offrir une belle vue.*

— Tu veux que je me touche pour toi ?

— Non. Je m'en occupe.

Les mains de Reba furent tirées vers le haut, étirant son corps et faisant ressortir sa poitrine. Une pression contre ses cuisses les fit s'écarter. Elle était complètement à sa merci. Mais cela ne l'effrayait pas. Au contraire. Ça la faisait énormément mouiller.

Des petites chatouilles effleurèrent sa peau, comme un vent glacial qui frôlait et caressait ses mamelons sensibles, soufflant sur les lèvres humides de son entre-jambes. Les caresses fantômes devinrent plus fermes, pinçant le bout de ses seins, la faisant haleter.

Ses hanches se cambrèrent alors qu'une force invisible caressait son sexe.

— Tony, murmura-t-elle.

Même s'il n'était pas celui qui la touchait avec sa chair, elle n'oubliait pas que c'était lui qui la caressait. Il la regardait, l'observait onduler et gémir alors qu'il la taquinait. Il ne pouvait cacher son agitation alors que ses yeux scintillaient et que sa peau prenait une teinte rosée. Elle pouvait sentir son excitation d'ici et voulut la goûter.

Oups, elle l'avait grogné à voix haute.

— Tu ne veux pas plutôt que je finisse de te donner du plaisir ? demanda-t-il en s'éloignant de la coiffeuse, enlevant les boutons de sa chemise et dévoilant la peau de son torse.

— C'est surtout te toucher et te goûter qui me donne du plaisir.

— Mais je n'ai pas terminé.

Ses doigts fantomatiques la pénétrèrent, profondément, et appuyant contre son point sensible. Elle tressaillit, son sexe se contractant autour de... rien.

— J'ai besoin de toi mon chéri. Je veux que le vrai toi me touche. Qu'il me baise. Et oui, je te supplie.

— Pas avant qu'on n'ait lavé l'odeur de la mort sur nos peaux.

Il la fit flotter jusqu'à la douche et la suivit. La cabine massive comportait de nombreux jets sur les côtés et ceux-ci expulsèrent de l'eau qui fut d'abord glaciale, et elle laissa échapper un hurlement qui se transforma vite en grondement de plaisir quand l'eau se réchauffa immédiatement. Il avait relâché son emprise fantomatique sur elle pour qu'elle puisse tourner son visage vers le jet et laisser l'eau couler sur son corps, se glissant entre ses seins. De vraies mains, tenant un savon glissant parfumé aux herbes, effleurèrent sa peau.

— C'est mieux comme ça ? demanda-t-il.

Elle lui vola le morceau de savon pour pouvoir le promener sur la peau de Gaston et ses muscles fermes. Elle vibra de plaisir.

— C'est ça que j'aime. Avec les mains, mon chéri. Avec – elle attrapa sa bite glissante – les mains.

Elle la frotta.

Puis la tira. Il était si gros dans sa main, épais et grand et si prêt. Cependant, elle avait envie de jouer. Elle avait gagné un prix pour sa participation aujourd'hui. Elle le caressa, de plus en plus vite et elle sentit sa bite qui pulsait dans sa main, tremblante, au bord de l'extase.

Tony essayait toujours d'être calme et de garder le contrôle, mais quand il était avec elle, elle savait comment lui faire perdre les pédales.

Il grogna :

— Tu vas me faire jouir si tu continues.

— Tant mieux, répondit-elle.

# CHAPITRE VINGT-ET-UN

Tant mieux ?

Il était sur le point de cracher comme un garçon inexpérimenté et elle trouvait cela bien ? Certainement pas. Il était temps de lui rappeler qui dominait ici. Il la fit pivoter jusqu'à ce que ses mains soient plaquées contre le mur de la douche. Il l'agrippa par les hanches et se pencha en avant, ses lèvres embrassant sa nuque alors qu'il se frottait contre son dos.

— Non ce n'est pas bien, *chaton*. Pour une fois, je veux vivre toute l'expérience. Pas juste des galipettes rapides. Ou des plaisirs furtifs. Je veux pouvoir te savourer, te sentir jouir contre ma langue. Et ensuite je veux te sentir jouir conte ma bite.

— Tu dis toujours des choses terriblement sexy. Mais ça me paraît un peu injuste. Moi aussi je veux t'avoir dans ma bouche. Je n'ai pas encore pu te goûter.

— Je sais comment nous pouvons tous les deux obtenir ce que nous voulons. Tu me fais confiance ?

— Je pourrais te confier ma vie.

Une vie qui brillait si fort en elle quand ils étaient ensemble. Elle l'attirait comme un phare dans la tempête, si vivante et brillante qu'elle dissipait même l'obscurité de son âme.

Elle laissa échapper un couinement alors qu'il la manipulait à nouveau avec force, la tournant à l'envers, la tête en bas et la faisant planer juste à la bonne hauteur.

— Si je tombe, je te tue ! s'exclama-t-elle.

— Si tu tombes, je me tuerai en premier. N'aie jamais peur avec moi. Je te garderai toujours en sécurité.

Et te donnerai toujours du plaisir. Il ne l'avait pas mise à l'envers pour rien. Elle glissa ses lèvres contre son sexe alors qu'il plaçait sa bouche contre elle.

Dans son univers à lui, on appelait ça un soixante-neuf aérien et cela offrait une maniabilité incroyable. Il pouvait s'agripper à ses cuisses, les écarter en grand et la lécher à volonté. Pendant qu'elle, putain mon Dieu, un Dieu auquel il ne croyait pas, pouvait le sucer. Elle l'aspira si fort qu'il faillit jouir, il faillit lui donner ce qu'elle voulait.

Il était peut-être tombé amoureux d'elle, mais s'il était question de donner du plaisir, il n'échouerait pas. Ses hanches suivirent le rythme de sa succion puissante tandis qu'il savourait la douceur de son sexe. Il lapa entre ses lèvres, goûtant son nectar, sentant cette excitation gonflée et ces légers tremblements qui la secouaient.

Sa bouche autour de lui s'avéra distrayante. Alors qu'il la léchait, elle le suçait, un vilain soixante-neuf qui le rapprochait de la délivrance. Pourtant, ce n'était pas ainsi qu'il voulait que cela se termine. Il voulait être en elle et que cela dure plus longtemps qu'une minute.

Pas un petit coup rapide cette fois-ci. Mais il était facile de l'affirmer et plus difficile de le faire. Elle l'excitait beaucoup trop.

Utilisant sa magie, il la retourna, la gardant en l'air, juste au-dessus de sa bite.

— Tu triches ! s'exclama-t-elle sans grande conviction, ses yeux mi-clos, la passion qui l'habitait lui alourdissant les paupières.

— Je ne suis pas un type bien, *chaton*.

— Dieu merci, c'est tellement plus amusant quand on est mauvais, dit-elle en tendant la main vers lui, attrapant sa bite et l'attirant vers elle. Maintenant, baise-moi. Baise-moi fort.

Comme il aimait quand elle parlait de manière cochonne comme ça ! Et il aimait encore plus lui faire des choses cochonnes. Il l'attrapa au niveau de la taille et la tira violemment vers lui, poussant le bout de son sexe entre ses lèvres lisses, s'enfonçant dans son sexe étroit et gonflé. Il savoura chaque centimètre de cette chaleur et de cette chair qui pulsait autour de lui.

Au début, il commença doucement. Il voulait la savourer. Mais elle ne voulait rien de tout ça.

Elle l'attrapa et grogna :

— Vas-y.

Il se mit à la baiser, la martelant, de plus en plus fort. De plus en plus vite, la sentant réagir. Sentant son corps trembler et se crisper pour ensuite se tendre alors qu'elle criait et éclatait en mille morceaux. Et il jouit avec elle. Le lien étroit lui permettait de ressentir son plaisir, tout comme elle ressentait le sien et ils étaient si fusionnels que lorsque l'un d'eux jouissait, l'autre aussi. C'était une force puissante. Si puissante qu'il y eût des fissures dans le carrelage quand ils eurent terminé.

Il n'en avait rien à faire. Il embaucherait un réparateur pour les carreaux à plein temps s'il le fallait, car il avait déjà hâte de la prendre à nouveau.

— C'était génial, dit-elle en soupirant joyeusement.

Elle s'accrocha à lui, respirant bruyamment, le poids de son corps dans ses bras lui parut parfait.

— Est-ce qu'on va casser des choses à chaque fois qu'on fera l'amour ?

— C'est possible.

— Cool. J'ai toujours voulu rencontrer un homme qui puisse faire trembler le sol. *Amabo te in perpetuum.*

Il se figea.

— Qu'est-ce que tu viens de dire ?

— *Amabo te in perpetuum.* Je t'aimerai pour toujours. Ce n'est pas ce que tu m'as dit dans notre rêve ?

— Tu étais vraiment là et tu n'as rien dit pendant tout ce temps ?

Cela expliquait donc cette connexion entre eux. Elle sourit.

— Comme si j'allais te faciliter la tâche comme ça.

— Je t'aimerai pour toujours. J'ai attendu toute une vie pour te trouver. La femme parfaite. Mon âme sœur.

Et même la mort ne pourrait les séparer. Il s'en assurerait.

## ÉPILOGUE

En une nuit, les Pires Connasses firent sensation sur Internet. La vidéo de leur combat impressionnant contre les zombies devint virale – les gens étant impressionnés non seulement par leurs compétences en matière de combat, mais aussi par les images de synthèse et les effets spéciaux. Les lionnes étaient euphoriques.

Arik était livide.

— Comment as-tu pu les laisser filmer ?

— Ce n'est pas comme s'ils avaient vu qui nous étions ou ce que nous étions.

Effectivement, comme dans une bande dessinée, l'utilisation d'un masque et d'un costume cachait leur identité. À vrai dire, leur identité masquée les rendait encore plus désirables.

Même si tout le monde se trompait sur leurs prénoms. Le B de Reba était devenu Bout en train. Le G de Luna était devenu Gonflée – ce qui la fit carrément grogner. Les autres filles eurent elles aussi droit à des surnoms, certains mieux que d'autres. Quant à Gaston, son visage était flou sur la vidéo et il devint connu sous le nom du Sorcier, le surnom le plus cool de tous, ce qui fit encore plus pâlir Arik.

Apparemment, l'alpha du clan et les gars s'étaient fait arrêter par les flics pour excès de vitesse sur le chemin du cimetière et avaient passé plusieurs heures en ville, accusés de conduite dangereuse. Cette petite faveur avait coûté cher aux filles, mais ça avait valu le coup, car pour une fois elles n'avaient pas dû partager tout le fun avec les garçons.

Mais il n'y avait pas qu'au cimetière qu'on pouvait s'amuser. Il s'avéra que Gaston avait une vie plus intéressante que prévu, du moins, c'est que Reba découvrit quand il la ramena en Europe pour lui faire visiter l'un de ses domaines. Apparemment, monsieur avait un titre et un château.

— Vous pouvez désormais m'appeler madame la comtesse, dit-elle à ses copines lors d'un appel vidéo en direct depuis l'un de ses quatre salons.

Ces connasses étaient super jalouses.

Mais avec son nouveau rôle, elle devait améliorer sa garde-robe. Être la femme d'un nécromancien signifiait qu'elle devait avoir des tenues pour chaque occasion.

— Je suis un sorcier, pas un vampire, remarqua-t-il quand il la vit vêtue d'une robe rouge moulante ornée de dentelle noire et qui descendait jusqu'au sol.

— Est-ce ta façon de dire que tu n'aimes pas ma robe ? dit-elle frottant ses mains sur le tissu, effleurant ses courbes.

— Tu te rends quand même compte que nous allons dîner avec plusieurs chefs d'État ce soir ?

— C'est pour ça que je n'ai pas mis de culotte. Je me suis dit qu'on aurait juste assez de temps entre le repas principal et le dessert pour s'éclipser.

Elle lui fit un sourire faussement innocent et légèrement vilain.

— Comment ai-je fait pour vivre sans toi tout ce temps ?

Grâce à leur connexion, elle l'entendit répondre à sa propre question. Avant toi, je ne vivais pas. Tu es toute ma vie désormais. Tout comme il était sa raison de bondir.

Grrr.

---

— J'AI besoin que tu livres quelque chose en toute sécurité.

Ce fut la seule instruction que donna le patron à Jean-François, à part lui dire qu'il devait se rendre sur la piste d'atterrissage.

Et attendre. Si Jean avait été un homme moins patient, il serait parti, mais le patron payait son forfait téléphone, alors il se contenta de regarder un épisode de *Breaking Bad*[1] sur Netflix.

La voiture de sport, d'un rouge cerise éclatant et qui étrangement, n'était pas suivie par une flopée de voitures de police avec leurs sirènes hurlantes, s'arrêta en crissant devant l'avion. Une rousse avec de jolies courbes, vêtue d'une tenue qui n'aurait jamais dû voir la lumière du jour, en sortit, tenant une boîte.

Enfin. Le paquet pour la livraison. Il était temps.

— Je vais prendre ça, dit-il en tendant la main.

— Comme tu es adorable. Merci.

Elle lui fit un grand sourire en le lui remettant. Ses bras s'affaissèrent sous le poids de la boîte.

— Qu'est-ce qu'il y a à l'intérieur bon sang ? Des cailloux ? Un cadavre ?

Avec son patron on ne savait jamais.

— Je ne peux pas te le dire. C'est un secret. Tout ce que je peux te dire, c'est que j'en ai besoin.

— Besoin pour quoi ? demanda-t-il alors qu'elle se dirigeait vers les escaliers extérieurs menant à la porte de l'avion.

— On va en avoir besoin pour notre voyage aux tropiques.

On ? Notre ?

— Gaston ne t'a pas dit ? Tu viens avec moi, expliqua-t-elle.

C'était elle le colis ?

— Il doit y avoir une erreur.

— Il n'y a pas d'erreur mon joli. Une fois que tu auras monté cette boîte à bord, n'oublie pas de prendre mes affaires dans le coffre.

— Je pense qu'il y a une erreur. Personne ne m'a parlé d'un voyage.

Quand même, Gaston ne le détestait pas à ce point, si ? Il était prêt à parier que c'était l'œuvre de la nouvelle petite amie de son patron. L'envoyer loin avec son chat domestique. *Est-ce que j'ai l'air d'un cat-sitter ?*

La féline en question ne sembla pas remarquer sa réticence. Elle s'arrêta devant la porte de l'avion, un pied toujours posé sur la marche supérieure, une vue qui attira l'œil de Jean-François –ainsi que le point rouge et soudain d'un viseur laser.

*Bang.*

### Le prochain: Le Clan Du Lion

*AUTRES LIVRES:* <u>EveLanglais.com</u>

---

1. Série américaine

www.ingramcontent.com/pod-product-compliance
Ingram Content Group UK Ltd.
Pitfield, Milton Keynes, MK11 3LW, UK
UKHW042002230426
12048UKWH00009B/490

9 781773 842448